第一次

［日］岛本理生
［日］辻村深月
［日］宫部美雪
［日］森绘都 著

鞠素 译

四川人民出版社

图书在版编目（CIP）数据

第一次 /（日）岛本理生等著；鞠素译 . -- 成都：四川人民出版社，2023.6
ISBN 978-7-220-13283-4

Ⅰ. ①第⋯ Ⅱ. ①岛⋯ ②鞠⋯ Ⅲ. ①短篇小说—小说集—日本—现代 Ⅳ. ①I313.45

中国国家版本馆 CIP 数据核字（2023）第 097155 号

HAJIMETENO
by SHIMAMOTO Rio, TSUJIMURA Mizuki, MIYABE Miyuki, MORI Eto
Copyright © 2022 SHIMAMOTO Rio, TSUJIMURA Mizuki, MIYABE Miyuki, MORI Eto
All rights reserved.
Original Japanese edition published by SUIRINSHA and distributed by Bungeishunju Ltd., in 2022.
Chinese (in simplified character only) translation rights in PRC reserved by Tianjin Staread Cultural Communication Co., Ltd., under the license granted by SHIMAMOTO Rio, TSUJIMURA Mizuki, MIYABE Miyuki and MORI Eto, Japan arranged with SUIRINSHA, Japan through Bungeishunju Ltd., Japan and BARDON CHINESE CREATIVE AGENCY LIMITED, Hong Kong.

四川省版权局著作权合同登记号：21-2022-152

DI YI CI
第一次
[日] 岛本理生　辻村深月　宫部美雪　森绘都　著
鞠素　译

出版人	黄立新	责任校对	程川
出品人	柯伟	责任印制	周奇
监制	郭健	封面设计	尬木
责任编辑	陈纯	版式设计	修靖雯
特约编辑	刘思懿		

出版发行	四川人民出版社（成都三色路238号）
网址	http://www.scpph.com
E-mail	scrmcbs@sina.com
新浪微博	@ 四川人民出版社
微信公众号	四川人民出版社
发行部业务电话	（028）86361653　86361656
防盗版举报电话	（028）86361653
照排	天津星文文化传播有限公司
印刷	北京盛通印刷股份有限公司
成品尺寸	145mm × 210mm
印张	6.5
字数	115 千
版次	2023 年 6 月第 1 版
印次	2023 年 6 月第 1 次印刷
书号	ISBN 978-7-220-13283-4
定价	42.00 元

■版权所有·侵权必究
本书若出现印装质量问题，请与我社发行部联系调换
电话：（028）86361656

目录
CONTENTS

第一次喜欢上别人时读的故事

只属于我的所有者

岛本理生

001

第一次离家出走时读的故事

幽灵

辻村深月

049

はじめての

第一次告白时读的故事

光之种子

森绘都

第一次成为嫌疑人时读的故事

颜色不同的扑克牌

宫部美雪

第一次喜欢上别人时读的故事

『只属于我的所有者』

——岛本理生

第一封信

初次见面。

老师,我明明没有见过您,却对您说出这句话,好像有点儿奇怪呢。

话说回来,在被这个国家保护(或者该说是"保管"吗)起来之前,我从未给任何人写过信。因此,如果这封信的行文措辞有怪异之处,那完全是由于我写信经验不足,而非程序设定问题,还望您理解。

我被运输至这个国家后,三个月的保护观察期已结束。即使读完政府下达的通告,我依旧有些许困惑,毕竟我自己也尚未完全明了究竟发生了什么。

因此,对于政府提出的"在撰写信件时,要尽可能如实地记述情况"这一要求,我不确定自己能否做到,但我会竭尽全力。

话虽如此，但政府的要求属实过多。要知道，无论我做何努力，我的智力水平也已经被设定为最高不超过智商110。

突然像这样怨声满满、说政府的坏话，我会不会受到惩罚呢？不过肯定没事的，毕竟有时候明知会对自己不利，却依然坚持观点、明示立场，正是人性的特点之一。

我有点儿不知道自己想写些什么了。说起来，这似乎是因为我在上周收到政府下达的通告后，在几乎没有得知任何信息的情况下，就着手写了这封信。至于老师您想知道什么，说实话，我到现在也不太清楚。

其实，我能理解政府的担心，向我传达了多余的信息的话，可能会导致我不知该如何行动。我认为政府的这一处理方式是恰当的，毕竟信息是通往一切可能性的入口。

目前，政府对于向我传达的信息和对我进行的干涉都控制在最小范围内，并且在确定最终的行动方针之前，对我的保护观察期将不断延长。我对政府的这一决定没有异议。

我姑且先向您陈述一下我所了解到的有关您的信息。为了避免因代沟和沟通方式导致彼此对措辞的内涵在理解上产生偏差，政府选择了年轻的女性研究员来进行此次项目。加之，老师您的专业是人造人理论，并且对制造我的国家的研究情况也了如指掌，因此没有比您更适合此项目的人选了。政府虽然禁止双方（我很惊讶于该规定的前提——我自身也享有权利）直接碰面，且今后也不会推翻这一规定，不过，若是采用书信形式，便允许双方在一定程度上自由沟通，增进相互理解。

即使科技发展到如此地步，为了实现彻底的保密和监视，最终还是采用了书信这一最为古老的方式，着实有趣。

为了便于您想象我这里的情况，我向您描述一下我所在的地方。

这座岛屿上的保护设施建在一块向外突出的陡崖上，陡崖的内侧紧邻一片原始森林。

早上醒来，打开窗户，透过崭新的铁制格栅，我像曾在祖国时那样，看到一片汪洋大海。阳台外草木繁盛，万物恣意生长，时有野兔或野鹿从中蹿出、误闯阳台，好不热闹。

设施内设有一张单人床、一张单人书桌、内置电池专用的便携式电源、浴室和洗手间——最后这两样东西于我无用。

这封信写了太久，我的就寝机能已启动，今天就到这里吧。

但愿当我醒来时，政府已推翻一切决定，而且我也并没有被烧毁。

第二封信

早上好,老师。

今天醒来,视野里一片碧蓝,海天一色。正值初夏清晨,绿植的长势越发凶猛,已呈现泛滥的态势。向窗外望去,能看见白色的船只出航,在海面上描绘出一层层波纹。

之后,我在书桌前坐下,开始写这封信。

感谢您上周给我的回信。您说我的智力水平比您周围的人想象的还要高,这让大家感到十分吃惊。这番夸奖让我有些难为情,毕竟我的祖国生产过很多比我优秀得多的人工智能机器人。

不过,在人工智能机器人研发技术尚未成熟的国家,我们光是像人类一样表达自己的感情,或许就足以让人惊诧不已了。顺便一提,为了避免给所有者招致不快,我们的语言水平被设定得比年龄水平稍高一些。您和周围其他老师之所以会觉得我的智力水平高，可能还有这方面的原因。

接下来，我将应您和其他老师的要求，讲述我从逃离祖国到被这个国家发现和保护起来的经过。

关于我的祖国的情况，您作为研究员，或许比我了解得更为清楚。

我的祖国原本是以旅游业立国的小国家，一直以富裕阶层为服务对象。自二十一世纪后叶起，在积极召集研究员和技术人员方面投入了大量财政预算。通过开发世界最高水平的、能预测包含环境问题在内的未来预测系统，我的祖国获得了极强的经济实力，与往昔不可同日而语。关于这些，想必我已无须赘言。

新生事物必然会遭遇被模仿的命运，祖国的领导者们想必也明白这一点。"一旦得到，就不可失去。"我记得我的所有者曾说过这句话。

最终，我的祖国不顾与其他国家约定的共同研究伦理，主导了大胆的、突破性的人工智能机器人的研发。作为通过科技获得成功的国家，祖国选择了切断与外部世界的联系，独自推进研发。我总觉得这一行为自相矛盾，不过这一定是因为我的理解能力还有所欠缺。

然而,在遭到一众发达国家的责难之际,祖国的人工智能机器人的产量已经庞大到如果要中止研发行为,就不得不"大量杀人"的地步。

在我被制造出来时,祖国早已失去了曾经作为度假胜地的风光。在首都宛如要塞般的巨型大楼里,大量的人类与人工智能机器人混杂其中;而在经济落后的地区,无数座被放任不管的废墟宛如一座座岛屿独自伫立。

我被研发出来时,面向的使用群体并非普通企业,而是家庭。

我的年龄被设置为十四岁,一个既保留了孩童的纯真可爱,又能成为劳动力的年纪。由于我的设定年龄并不会随着时间而增长,因此我基本上无法进行复杂的思考,我主要的用途是帮忙做家务和处理杂务。

为了避免让所有者产生异样感,所有人工智能机器人都被输入了全套表情系统,且基础性格一律被设定为积极向上、充满奉献精神。另外,为了控制价格,人工智能机器人还被免去了进食机能。

同时,国家颁布了一项法令,规定人类不得随意破坏人工智能机器人或对其施加暴力,但一旦人工智能机器人陷入失控状态,此项法令便不再适用。

从维修室醒来后，负责人对我说明的第一件事就是这项法令。负责人问我有没有什么不明白的地方，于是我提出了疑问："一旦人工智能机器人陷入失控状态便可以将其破坏掉，那么由谁来下这个判断？"

负责人立马回答道："由所有者判断。"我又问道："那么，人工智能机器人不是人，而是物品，对吗？"负责人摇了摇头，说："你们最基本的权利是受到保障的，只不过政府之所以制定这项法令，并不是为了保证你们个人的人权得到尊重，而是为了保持社会秩序的稳定。只能说，你们是人，但同时也是物品，这就是你们与生俱来的命运。在这世上，有许多人虽然生为人类，却惨遭虐待。与他们相比，你们拥有所有者，又为其所需要，还不会感到饥饿和孤独，实在是幸福得多。"

那时的我还不太能理解"幸福"一词的含义，想试着思考得更深入一些。然而大脑却突然陷入一片混沌，我只好点了点头。如负责人所言，毕竟我被设定为无法进行太过复杂的思考。

除了已经具备的知识和劳动能力以外，我还就面对所有者时的说话方式进行了约一个月的学习，之后便被运送至下订单的客户家。

从首都出发，约两小时后，我到达了一处治安较好的滨海街区。健谈的快递员向我介绍说:"这里远离经济发达的城市,居民多推崇传统美好的、顺应人性的生存方式。"

快递员把我送至收货地,出来迎接我的是成濑先生。

成濑先生是一个皮肤偏黑、目光锐利的男人,他姿态端正,浑身散发出一股不可思议的迫力。他穿着一身正式的夹克外套和衬衫,戴着一副银丝边眼镜,这与他的外表有些不相符。

这天下午,我和成濑先生在客厅的沙发上相对而坐,我用负责人教我的说话方式向成濑先生打招呼:"初次见面,成濑先生。能来到您身边,本人①感到非常幸运……"话还没说完,成濑先生就言辞激烈地打断了我:"小孩子不要用这么老成的讲话方式!"

我感到十分困惑,询问道:"那么应该用什么样的讲话方式呢?一切都会遵从您的要求。"他毫不犹豫地回答道:"自称'我'②就可以了。"

"明白……"我正要如此回答,心想着这样讲话恐怕又会被骂,便改口道,"知道了。"

---

① 在原文中此处使用了自称"私",较为正式。(如未标注"编者注",均为译者注。)

② 在原文中此处使用了男性自称"仆",意思是我,较为亲近随和。

他继续说道:"从这个家的后门出去是一个庭院,我在那里设置了一座小屋,大小刚好够一个小孩子居住。你跟我不住在同一个屋檐下,出入家中时,你得从厨房的后门进出。我在庭院小屋里给你准备好了一周的换洗衣物。"

"我会遵从您的安排。"我回答道。说完这番话,我又心生疑惑,再次问道:"您的家人不住在这里吗?"

成濑先生的表情一瞬间变得有些扭曲,似乎被问到了一件令他厌恶的事。

"当然,我自己一个人住,所以才会把你买来,让你帮我做事。"说完,他又语气冷淡地补充道,"我妻子在两年前去世了,她的东西还留着,你打扫卫生时记得给那些东西掸一掸灰。"

我按照成濑先生说的出入方式去了后院,那里建有一座半圆形的白色小屋,形状宛如一枚来自宇宙的不明生命体产的蛋。那枚蛋掉落于此,一半埋进了土里。

走进小屋,床上放着叠好的白色衣服。我立刻脱下从工厂出来时穿的制服,把脑袋塞进上衣的敞口,布料质地柔软,一下子舒展开来,恰好遮住我的上半身。我又穿上配套的裤子,回到成濑先生家中,打算帮他做点儿事。

成濑先生给我安排的工作内容,是负责家里所有的杂事。

成濑先生会工作到深夜，一直在网络服务器上敲代码，而我要为他准备餐食、打扫卫生、整理与税金相关的文件、修理故障的机器……琐碎的工作确实多到无穷无尽。

第一天晚上，成濑先生一边用餐，一边漫不经心地对站在近旁的我问道："你不能进食，也不能被大量的水浸泡，除此以外，还有什么需要注意的事吗？"

我稍微思索了一下，回答道："工厂的人告诉我，在正常的使用范围内，我不会遭到损坏。不过，如果故意对我进行破坏、施加暴力，或者从内部侵入，情况就另当别论。"说完，我又笑着补上一句，"开个玩笑。"因为我认为所有者不会做出破坏我的事。

成濑先生却突然扯着嗓门嚷道："人工智能机器人不可以开这种玩笑！"

被成濑先生这样大声斥责，我吓了一跳，赶紧道歉："对不起，我不会再说这些了。"成濑先生短促地喘了一口气，将吃到一半的饭菜剩在盘里，径直回了自己的房间。

我把剩饭菜等倒进处理机时，回想起培训期间，负责人笑着说"你们比人类的耐久性更高，真令人羡慕啊，只不过从内部程序入侵这一方面来说，你们反而比人类更纤弱"，我不禁对那位负责人心生怨恨起来。

做完最后的打扫浴室的工作后，我回到了庭院小屋。

像是在对漂浮在海面上的月亮道晚安一般，我放下小窗的遮光帘，躺在床上就寝，让内部电池得以休息。虽然我最长能连续运转一百八十个小时，但持续运转会增加内部电池的负担。而且最为重要的是，这会导致我与人类的生活作息出现偏差。因此，我的程序的基础设定是"要有规律地就寝"。

只要我老老实实地完成工作，成濑先生就不再对我说出那样毫无道理的话。不过，他有时也会在我意想不到的事上怒斥我。即使过了很长时间，我也没能明白其中缘由，毕竟成濑先生不太会对一件事大谈特谈。

我写下这样的文字，老师您可能会觉得我很可怜吧？但您不必担心，因为侍奉成濑先生就是我诞生于世的意义。只要能履行自己的职责，人工智能机器人就不会变得可怜。

说起来，成濑先生还有一句经常挂在嘴边的话——"知道真相，就意味着要背负多余的感情"。

直至今日，我依旧每天都在思考这句话的含义。"多余的感情"究竟会呈现出什么形态？人类即便如此也要去背负多余的感情，这样做的意义又是什么呢？

现在我也正在思考这个问题。

又到晚上了。晚安。

第三封信

早上好。

持续了一整夜的台风终于减弱并停息了。虽然海浪依旧汹涌,但天空十分澄澈,万里无云。

今天早晨收到您的回信,我立马拆开阅读。

您在信中问我,尽管我说自己并不可怜,但我是否真的觉得与成濑先生在一起的生活是幸福的。这个问题确实有些难以回答。

对于人工智能机器人而言,幸福就是遵循所有者的意思,实现所有者的愿望。与成濑先生共同度过的生活,多数时候都充满着紧张感;我总是做事不周,因而备受打击。所以这样的生活的确不能说是幸福的。

不过,虽然算不上幸福,但也不能因此说生活不幸吧?

成濑先生虽然工作能力很强（他总是源源不断地收到工作委托，忙碌万分，我因此得出了这一结论），但对于除此以外的事情都很不擅长。

他既告诫我"知道真相，就意味着要背负多余的感情"，又动不动就说我"什么都不知道"。

因此，我时常会因成濑先生的这番自相矛盾的话而陷入烦恼。对于我来说，理解并实现成濑先生的愿望，这本应是我存在的唯一意义，然而成濑先生却不曾将他的愿望清楚具体地告诉过我。

即便这样，我也曾试着努力理解他说的话，哪怕只多理解一点点也好。为此，我是否应该像一个人类小孩一样，通过读书来学习呢？

话虽如此，人工智能机器人与互联网的任何连接都是被禁止的，一旦尝试连接互联网，我的程序就会自动停止运行。我因此想到了一个办法：我可以使用成濑先生的身份信息，从图书馆借书来读。

当我战战兢兢地告诉成濑先生我的想法时，没想到他竟然爽快地同意了："知道了，学习是一件好事。"

于是，我大量阅读了有关历史和民族的书，也学习了动物学和生物学，以期了解人工智能机器人与人类的区别。

成濑先生不曾干涉过我读书一事，除了那一次。当时，成濑先生正在用餐，我坐在餐桌一角，正翻开一本有关人类男性与女性繁殖后代的书，成濑先生突然心情大坏，像一个脾气暴躁的孩子一般大声嚷起来："你不需要了解这种知识！别读了！"

我慌慌张张地把书合上，不过成濑先生的怒气并未消散，他接二连三地冲我大声吼道："你欠缺的不光是关于人类的知识，你连自己的事都没理解清楚！都是因为你，我才会发这么大的火！"即使我向他道歉，他也没有原谅我。接下来的一个小时，成濑先生一直在斥责我。我不知道自己究竟应该怎么办，只好一个劲儿地道歉："对不起！对不起！我没有理解您的心情，对不起！我确实无法理解，我不过是一台机器而已。"

夜半时分，当我独自在庭院小屋休息时，我把手放在胸口上，模仿人类祈祷的动作——希望明天自己能多理解成濑先生的内心一些。当我这样祈愿时，一种名为"空虚"的情感开始缓缓地流动在我的程序回路中。我被身为机器的无力感，和自己必须更加尽心地侍奉所有者的使命感所淹没，内部程序停止了运转。

回过神来，这封信已经写了这么长了，差不多就写到这里吧。

晚安。

第四封信

黎明时分，我感觉到一阵强烈的震动，内部程序紧急启动了，我想着是不是有什么人对这里发起了攻击。

幸好政府的工作人员及时联络我，我才没有陷入混乱。这个国家经常像这样发生剧烈的地震，而国民竟然都能平静地过着正常的生活，这一点让我很是佩服。

话题回到成濑先生的日常生活上来吧，毕竟老师您也说想多了解一下这方面的信息。

在我来到成濑先生家半年后的一个早晨，成濑先生喝着咖啡，突然对我说："今天我弟弟和弟媳会来。"我颇为吃惊地问道："您是有弟弟的吗？"

成濑先生又摆出一副惯有的不快表情，解释道："我和我弟弟关系不和，已经有两年半没见过了。"我注意到"两年半"

这个时间长度与成濑先生的妻子去世后的时间长度刚好一致，不禁思考起这二者之间是否有什么联系。

成濑先生的弟弟一行人造访时，正值午后的海风刮过山岗之际。海风掀起千层浪，浪涛拍打着海岸，声音甚至传进了屋里。

成濑先生的弟弟有一双大眼睛，目光矍铄，他与我握手道："你就是哥哥的那个重要的孩子吧，初次见面。"他干脆爽快地用了"哥哥的那个重要的孩子"这一表达，让我吓了一跳。他讲话时把嘴张得实在太大，以至于口腔的内部显得格外引人注目。他看起来跟成濑先生一样，与"复杂"二字毫无瓜葛。

他的妻子也与我握了手。她打扮得十分美丽，耳朵上佩戴着的大克拉钻石闪烁着耀眼的光芒。

这时，一名少女从她背后探出头来。少女身着一身浅蓝色连衣裙，像是那位妻子的蓝色连衣裙的缩小版一般。这名少女也是人工智能机器人。

成濑先生的弟弟向我介绍道："她是我们重要的孩子，鲁伊斯。"

自从来到这个家后，我不曾认识其他人工智能机器人。因此我露出笑脸，开心地向她打招呼："初次见面。"

然而，鲁伊斯只瞥了我一眼，便牵着那位妻子的手从我眼前走过，举止行为如家庭成员一般。

鲁伊斯在沙发上坐下，弟弟及其妻子两人轮流用手梳着她的长发，而鲁伊斯对此一副理所当然的样子。而我为了适时地给他们续上咖啡，站在近旁。两相比较，我渐渐开始觉得自己有些悲惨。

她明明也是个人工智能机器人，却花着所有者的钱来打扮自己；即使看到他们杯里的咖啡喝光了，也装作一副没看见的样子。鲁伊斯到底为所有者派上了什么用场啊？！当这一疑问开始占据我的程序回路时，成濑先生刚好忙完工作，从房间里出来了。

成濑先生和弟弟握了手，动作有些僵硬。他难得地露出了些许笑意，向他们道谢："辛苦你们大老远地过来。"说完，他又转向我，"你和鲁伊斯去庭院小屋里待着。"

我只好向鲁伊斯招招手，说："请跟我来。"

我正要带鲁伊斯去位于厨房的后门，成濑先生补充道："鲁伊斯可是客人，你得带她从大门出去。"听到这话，我一瞬间生出一股厌恶感。而鲁伊斯已自顾自地走向玄关，利索地打开了大门。

海风突然刮进屋里，大家都陷入了沉默。

待我走近，鲁伊斯小声地嘟囔了一句："大海有股腥味儿，这气味真讨厌。"

"你真没礼貌。"我正要揪住她的肩膀，她却躲过我的手，往外跑出去了。

庭院小屋在这半年里遭受了海风侵蚀，外墙已然褪色，出现的多处残破亦很是显眼。鲁伊斯凝视着生锈的白色外墙，像是在看什么珍奇古董。我明明一直以来都不曾在意过外墙上的污垢和残破，但此时突然觉得这些破败之处让我很丢脸。

走进小屋，鲁伊斯感叹道："里面倒是挺漂亮的。"一听这话，我内心巴不得成濑先生的弟弟一家人赶紧回去，我第一次怀念起只有我和成濑先生两个人的安静又充满紧张感的生活来。

我试着向鲁伊斯搭话："成濑先生他们会聊什么呢？"

鲁伊斯用一副理所当然的语气回答道："关于今后的打算呀，爸爸不就是为了和他商量这个才来的吗？"

"'今后的打算'是指什么？"我不假思索地反问道。

"我爸爸和你的所有者，他们已经去世的父母原本是外国的技术人员，因为这个国家为了研发人工智能机器人而广招人才，所以他们才来到这个国家的，对吧？他们的父母为了这个国家的发展，倾尽全力开发了信息网络，可政府却给他们施压，想要统一管制信息网络。而你的所有者对此一直大力反对，毕竟这也跟他自身的工作有关，他原本的工作就是管理父母开发的一部分系统。"

我默不作声。这些事，我当然从来没有听说过。

"这个系统被加装了监控插件，所有的国民从住处到一言一行都处于监控之下。他所在的公司由于难以维持经营，只好接受政府提出的条件。而他选择了离开那家公司，做一些维护老旧系统的低薪工作，成了一个善良的自由职业者。然而，如今情况突变，他这一丁点儿小小的自由也遭到了威胁，所以我父母才会专程来说服他，让他最好考虑一下。趁还有的选，要么选择遵从政府的意思，要么选择逃亡。继续这样下去，近期恐怕会变得无法自由出国了。"

鲁伊斯说完这番话，抬眼瞥了我一眼。

"你该不会什么都不知道吧？"她问出了我最不想被问到的问题。我略过了她的问题，说道："人工智能机器人就算不知道这些事也无所谓。"

鲁伊斯淡淡地回应道："这倒是。"她的反应让我感到窝火，我又补充道："人工智能机器人只要能遵从所有者的命令，为他们起到物理上的帮助就可以了。"

几乎在我说出这番话的同时，鲁伊斯满脸惊讶地说："我不是这样。那是因为你的所有者只要求了人工智能机器人履行物理上的职责，而我的父母并非如此。"

"人工智能机器人竟然管人类叫作'父母'，这是在欺瞒。"我不假思索地反驳道，"你的所有者把你打扮得花枝招展的,把你当作真正的女儿一样带出门,但你原本应该做的事是给所有者的空杯里冲泡咖啡,把敞开的大门关上……而你却没有做这些事,那么你待在那两个人身边,究竟履行了什么职责?"

话语在我的程序回路中高速狂奔,我想要好好整理思绪,却无法顺利做到。我想放任自己的冲动,往地上狠狠跺脚。而鲁伊斯却只是一脸惊奇又纳闷的样子:"欺瞒?"我的脑海中不禁浮现出一个疑问:这个人该不会是个笨蛋吧?

这时,鲁伊斯开口道:"你真厉害,能像人类一样自然而然地发火。"我目瞪口呆,反问道:"我在发火吗?"

"你到目前为止没有发过火吗?"被她这么一问,我稍作思考,回答道:"没有。因为我一直都是和成濑先生两个人一起生活的。"

听我这么一说,鲁伊斯坦率地说出了实情:"我父母有时会希望我能发火。他们对我说,希望我能像一个人类孩子那样自顾自地发脾气,说一些不讲理的、任性的话。所以我通过书籍和电影学习了具体做法,如他们所希望的那样说话和行动,虽然这原本是一件很难的事。"

我感到有些困惑:"你的父母到底想要什么呢?他们该不会相信你是他们的亲生女儿吧?"

面对我的这一发问，鲁伊斯反问道："你难道不知道人类究竟为什么需要人工智能机器人吗？"

"那当然是因为人类需要我们来满足他们的目的，履行相应的职责，或者完成相应的工作啊。"

"这话没错，但这并不是真正的原因。人类之所以需要人工智能机器人，是为了把不可能变为可能，换句话说，就是要把人类自己从活着的孤独中解放出来。"

鲁伊斯到底在说什么？虽然很不甘心，但我确实没太明白。

"我读过很多小说，虽然内容各不相同，但一定会描写同样的东西：人类孤零零地出生，又孤零零地死去。对那些人而言，这样一件理所当然的事比死亡本身更可怕。他们希望至少在自己死去的那一刻，能有人陪伴在身旁。即便如此，没有人能保证事情会如己所愿。然而，有且仅有人工智能机器人可以承诺为他们做到这一点。我父母没有自己的孩子，他们把我当女儿一样打扮，带我一起出门。你能想象出他们有多么孤独吗？无论何时，我们都能在人类希望的时刻完美地陪伴在他们身边。"

在夕阳沉入海面之前，成濑先生的弟弟一家人回去了。

我收拾完大家使用过的餐具，向正要回房间的成濑先生问道:"晚饭吃什么呢?"

"不用准备了。今天喝了太多咖啡,不太饿。"

当我听到这番回答时,感到自己的职责少到不足以称之为"使命",便突然很想把这些职责全都抛开不管。

我冲出了家门。

我径直飞奔过庭院的通道,伸手想要推开大门。通道被辽阔的自然所包围,融进黑暗里,不知名的小鸟在高处一个劲儿地啼叫。

有人从背后按住了我的手。回头一看,成濑先生正低头看着我。

"你要去哪儿?"他似乎有些吃惊。

我轻轻地把手从门锁上拿开。"不去哪儿,"我无力地答道,"我哪儿也不去。成濑先生,只要您没有命令我,我就不会依照自己的想法去任何地方。"

这时,月亮渐渐从云层的间隙中探出头来。

毕竟被抓了个现行,我心想,今晚肯定又要被痛骂一顿了。我惴惴不安地看着成濑先生,却不由得惊讶地睁大了双眼。

成濑先生露出了一副我至今为止不曾见过的平静的表情。

"这样啊。"我听到他小声地嗫嚅了一句,接着便感觉到有一只手放在了我的肩上。"今天辛苦你接待我弟弟一家人，肯定比平时要累吧。我没考虑到这一点，抱歉。"成濑先生对我道歉道。

我不知该做何反应，便也表明了心迹："明明没有您的命令，可我却连招呼都没打就出门了，真是对不起。我竟然如此鲁莽，我对这样的自己感到很不安。"

不过，成濑先生却摇了摇头，告诉我："当受到来自外界的新刺激时，任谁都会做出与平时不同的反应。就算是人类的孩子也会这样，这很正常。"

成濑先生竟然像对待人类孩子那样顾虑着我的心情，这让我颇为吃惊，刚刚想要把使命全部抛开不管的念头也消失得一干二净。

当我在写这封信时，我感到自己当时的确完全没能理解成濑先生。

不过，有一点我可以发誓，成濑先生绝不是那种不懂细腻之心为何物的人。虽然我的语言表达很笨拙，但要问成濑先生是否明白何谓内心细腻，我可以十分确定地回答。

成濑先生是明白的，甚至可以说是过于明白了。

偶尔也让我提提问吧。

老师您的使命是什么呢？

第五封信

您好，老师。

我昨天读了您的回信，注意到您没有回答我的问题，我今天一整天都在思考自己是否应该在信中提起这件事。

您完全没有提及那个话题，或许是您认为没有回答我的必要，抑或是您出于某种原因而无法回答我吧。我连那个原因到底是什么都完全想不出来。像我这样一个被海水浸泡过的、年龄设定为小孩子的人工智能机器人，身处这样一个被大海包围着的异国的一隅，即使知道了什么，对此也是无能为力的。

所以，如果老师您改变了主意，随时都可以告诉我那个问题的答案。我真的很想知道老师您的使命是什么。

说到大海，这让我想起来，那天正好是位于海底的海洋研究所对自身建筑的圆顶进行一年一度的检修维护的日子。

吃完午餐，成濑先生就一直待在办公间。当我为他冲好咖啡时，不知为何，他突然走到我身旁，脸上露出不曾有过的柔和的神情。

"今天我工作结束得早，我们去散步吧。圆顶的检修维护很震撼的，刚好你最近在读海洋学的书，说不定会觉得有意思。"

听到成濑先生这么说，我赶紧收拾，准备出门。

外面下着绵绵细雨，成濑先生递给我一把伞后，自己也撑了把伞向外走去。

当我们爬上山丘时，看到地平线在一片朦胧中向远处延伸而去。无数台巨大的重型机械竖立在海面上，正进行着作业。从这里往西边望去，能看见首都那数不胜数的金色高楼建筑群。背对着大海，能看见远处仅有的一片树林被砍伐殆尽，光秃秃的土地上耸立着一座座如高山般的军事要塞。

成濑先生有些吃惊似的，小声嘀咕道："明明文明已经发展到了这种地步，雨伞却还是雨伞的样子，就像没进化完全的人类的肉体一样。"

"因为不论是孩子还是大人，都能够乘坐自动低速车出行，所以没有必要特意在雨中行走。"我说道。

"那么人类本身的进化如此缓慢,是证明人类这一生物已经进化得相当优秀了吗?还是说,你作为人工智能机器人,认为人类这种生物是逊于你们的?"

突然被这样一问,我十分惊愕地答道:"这个,我不知道。不过我在书里读到过,据说那些从远古时期起就几乎未曾改变过形态的海底生物,它们没有进化的必要。从这个观点来看,人类不是逊色一等,而是进化完成度相当高。"

成濑先生冷不丁地感叹道:"你真的变聪明了很多啊。"我摇摇头,以示否定。我不能讲话口吻太过成熟,以免惹他生气。

雨势渐大,我和成濑先生便回家了。

目送成濑先生进了家门之后,我注意到车库的卷帘门还开着。为了防止雨水飘进车库,我正要去按下卷帘门的关门按钮时,一辆大型私家车在大门外停下。

驾驶座的车窗被打开,一个男人正看着我,他戴着黑色口罩,脸被遮住了一半。

"你是这家人所拥有的人工智能机器人吗?"男人问我。

"是的。"我简短地答道。

男人看起来相信了我的回答,他从车上下来,站在门外向我招手道:"我是工厂派来对人工智能机器人进行定期整修和保养的，你过来一下。"我走到大门边，打算了解一下具体情况。

男人站在门外，命令我赶紧把门打开。"我①只服从于所有者的命令。"我拒绝道。话音刚落，这个戴着黑色口罩的男人不知为何陷入了沉默。

身后传来房门开启的声音，成濑先生大叫着冲过来："离远点儿！那是盗窃团伙！"

戴黑色口罩的男人低声嘀咕道："什么啊，我还以为是女性机器人呢。"说完便果断地上车，掉头走了。

成濑先生对我说："你赶紧进屋去。"

我向他道歉道："对不起，我没有确认对方的身份就走到了大门口。"然而成濑先生一言不发地回到了屋里。不知怎的，这比训斥更让我忐忑不安。

刚才好不容易能像普通的父子那样交流，果然成濑先生还是觉得我是个派不上用场的麻烦人物。这样一想，回屋里去的命令立刻让我不安起来，但我不能不服从所有者的命令，便急急忙忙地走进屋里，关上房门。

我正在客厅里擦干身上的雨水，成濑先生打开了电视的网络频道。

电视上正在播报一则新闻：近日，假扮成配送员的团伙

---

① 此处的"我"使用了男性自称"僕"。

诱拐和强抢人工智能机器人的案件频发。我第一次听到这个消息。

成濑先生关掉电视，凝视着黑色的液晶屏。我留意到室内气温下降，于是操作起墙上的温度控制面板来。

当我再回过头时，从侧面看到成濑先生的脸上似乎满是怒意。我想，一定是因为我在没有得到他的命令的情况下，擅自调整了室温，所以他生气了。然而成濑先生的眼中涌动着一些闪着微光的东西。我试着努力思考眼前发生的这一切，可大脑一如既往地迟钝凝滞。因此我只是注视着成濑先生，试图与凝滞的思绪相抗衡。眼前的成濑先生怒气满满，却又眼眶泛泪，如果我能理解他此刻的心情并感同身受的话，那么成濑先生说不定会为我理解了人类而感到开心。

老师，您认为对于人工智能机器人而言，幸福是什么呢？我认为，那就是让所有者感到幸福，让所有者开心快乐。如果做不到这一点，那么人工智能机器人就没有存在价值。

然而，成濑先生注意到我的视线，忍着怒火似的说道："反正你也理解不了，就别盯着我看了。"他如此断言，似乎我的无能为力已是板上钉钉。

"为什么呢？"我询问道，"因为我能力有限，做事不周，所以就理解不了吗？说到底，所谓的'理解''体会他人的心情'到底是怎么一回事？是指在适当的时机说出恰当的话吗？还是从物理上解决令其头疼的问题呢？请告诉我，我能为您做些什么？"

成濑先生似乎有些困惑地看着我，毕竟共同生活这一年来，这是我第一次对他的强硬话语提出了反问。

成濑先生用拇指拭去眼角的泪，冷不丁地说道："抱歉。"

他停顿了一下，接着又说："我没什么可说的。"

我回想起了鲁伊斯说的话。

"没什么可说的，是因为您现在面临着不得不逃去国外的情况吗？"

他满脸惊讶地抬起头来，苦笑道："是我弟弟带来的人工智能机器人告诉你的吧。"

"鲁伊斯就像他们真正的女儿一样，知道非常多的事，这让我很吃惊，也很不甘心。"我鼓起勇气表露了心迹。然而成濑先生对此只是微微一笑，说道："我弟弟和我不同，他以前就很健谈，这跟鲁伊斯是否像真正的女儿一样并无关系。"

对于这一饱含亲切感的话语，以及声称自己与弟弟关系不和、很疏远的说辞，我无法很好地把这二者联系起来。这时，成濑先生拜托我道："帮我泡一下咖啡吧。"

在氤氲的热气中，成濑先生似乎放下心来。我有些顾虑他的情绪，依然保持着缄默，然而成濑先生却开口说道："我如果要逃去国外的话，是无法把你也带去的。在海外各国，除了仅有的几所研究机构以外，如今依然禁止开发、携带具有感情的人工智能机器人。"听到这番话，我一瞬间停止了思考。

我缓缓重启思考后，对他说："如果这是您的意思，我会遵从的，成濑先生。"

他凝视了我一会儿，很快便摇了摇头，最终说道："我之所以与我弟弟断绝了往来，是因为他在我妻子去世时说了批判她的话。即便如此，我也明白他是因为十分担心我才那样说的。关于逃亡的事也一样，只要我能平安地活下去，不论什么东西——即使是他自身与我的羁绊——他都能舍弃。然而我并不像我弟弟和你以为的那样意志坚强，或许我只是害怕变化，不自觉地留在了原本的地方而已。虽然我对这个国家怀有不少怨恨，但只要是人，或多或少都是如此。妻子不在了之后，我甚至还产生过'不去考虑逃亡之类的事，就这样过完这一生吧'的念头，我就是这样一个软弱又渺小的人。"

老师，成濑先生的妻子并不是生病去世的。

在那之后，一个月后的某一天，当成濑先生提议"我们去首都进行一场两天一夜的旅行吧"时，我觉得这实在太不像他的风格了,感到有些不可思议。即使如此,面对他的邀约,我相当开心,立马回答道:"好!"

如果当时我回答"最近国内形势不太稳定,还是算了吧"的话,情况会变得怎样呢?现在我也依然在思考这个问题。

在我的硬盘里保存的众多记录中,关于这第一次也是最后一次两天一夜的旅行的信息量庞大无比。

在首都的中央酒店里,我第一次和成濑先生共处一室入眠。窗外是一片如峭壁般高耸入云的建筑群,由于夜晚天气恶劣,厚厚的云层遮天蔽月。成濑先生少见地喝醉了,他仿佛变了个人似的对我畅谈,虽然这让我很是吃惊,不过我却希望能一直看到他这副模样。

在我即将于半夜十二点停止运转之前,他留下一句"我出去一个小时,早上你醒来时我就已经回来了,你不必担心"后,走出了房间。

第二天早上,当我醒来时,看到成濑先生已经洗完澡,正在收拾行李。不知为何,酒店外充斥着动荡的喧闹声,成濑先生告诉我要立刻出发了。

在酒店附近的中央公园里,枪声响彻整个园区。特警与其他人扭打作一团,不断传来哭泣声与叫喊声。我问成濑先生:"那些人最后会怎样呢?"成濑先生拉着我的右手手腕,一边跑一边笃定地回答道:"他们大概没法儿活着回去了。"

连接首都与成濑先生所住的滨海街区的机场位于离市中心稍远的地方。

然而,政府为了驱逐一窝蜂拥向机场的人潮,已将所有入口全部关闭。

成濑先生在航空公园里狂奔,寻找能够逃生的地方。途中突然看到一个巨大的入口,我又向他问道:"那是什么?"成濑先生把目光投向远处,回答道:"那是已经废弃不用的地铁出入口。"近年来,乘坐地铁的国民以贫困阶层为主,政府认为没有必要让他们自由往来于遥远的地方,因此从十几年前开始,地铁线路就已经荒废了。

这时,巨大的光波从背后袭来。

接着,爆炸的气浪奔涌而来。

我们被气浪刮进地铁入口,顺着台阶滚落下去。地面上传来什么东西崩塌的剧烈声响。

地下通道一片漆黑,我睁开眼睛,眼球的水晶体捕捉到成濑先生手腕上佩戴的可穿戴式终端发出的一道光芒。我的视觉系统拥有远超人类水平的图像处理技术,因此一瞬间就明白究竟发生了什么情况。那是一幕出乎我想象的场面——成濑先生抱住了我,仿佛是为了在那场冲击波中保护我。

"成濑先生？"我试着叫他，成濑先生呻吟着应了一声，"发生了什么事？"面对我的疑问，他挤出一句："不太清楚，不过应该发生了非常剧烈的爆炸。"他一边说着，一边试着想要爬起来，但脸上一瞬间露出了扭曲的表情。他的脸看上去竟然比平时要年轻，我这才注意到，他的眼镜不知被刚才爆炸的气浪吹到哪里去了。

成濑先生说："在黑暗中什么也看不见，我想动一下脚，却疼得不行，两只脚完全使不上劲儿。"我急忙检查他的脚，他的双脚看起来正往奇怪的方向弯曲着。

地下水混杂着红黏土，呈现一片褐色，流进地下通道。一时间，我和成濑先生沉默无言。但我实在太在意刚才那件事了，便终于问出了口："您刚才看起来是想救我，但为什么您没有选择保护自己呢？"

成濑先生突然又用回了平时的粗暴口吻："那是一瞬间的反应，大概是因为你就像狗啊马啊之类的，为了侍奉人类而被训练过，没有人类就活不下去，所以我才救了你。"我无言以对，只呆呆地望着在微暗中闪光的水滴。

成濑先生抬头望着上百级台阶。说起来，在他眼中，这一切都只是昏暗不明、混沌不清的吧。他苦笑了一下，嘀咕道："早知道就早点儿去做视力矫正手术了，不该因为工作忙而一直拖着的,我妻子也曾经说过我好几次。"

我从成濑先生身边离开,在附近拼命寻找他的眼镜,却只找到了几小片摔得粉碎的镜片。即便如此,我的眼睛还是能隐隐约约地看见整个地下通道的内部。我们跌落的地方刚好是车站的大厅,地铁线路向隧道的深处延伸而去。

我向成濑先生道歉说,眼镜已经摔坏了。他让我去确认一下地铁出入口是否已完全被堵住了。我爬上台阶,到达塌方的出入口处,然而无论我触碰哪里,石块都纹丝不动。

我回到成濑先生身边,再次向他道歉,说出入口已完全被堵死了。成濑先生确认了一下戴在手腕上的可穿戴式终端:"在这里用不了啊,不过到那里应该就能用了。"说着,他一副下定决心的样子,深深地吐了一口气,"只有靠两只手爬上去了。"成濑先生用手摸索着抓住台阶,通过移动上半身来使劲儿地把身体往上拽了一个台阶。

我起初想要搭把手,但我的这副身躯无法支撑起成濑先生魁梧的身体。为了保证不会对人类造成威胁和伤害,将安全性贯彻到底,我的腕力被设定在一定范围内,所以我能够做到的不过是努力托住他,不让他顺着台阶滑落下去。我又再次向成濑先生道歉:"很抱歉我帮不上忙,如果我能使用终端的话,就能呼叫救援了。"然而成濑先生立马否定了我的说法:"你在旁边看着就行，不是只有帮忙才算救人。"可是，我和鲁伊斯不同，在物理意义上帮忙正是我的存在价值，因此我很难坦率地接受他这番说法。

成濑先生每爬上几级台阶就得休息一阵，之后又接着进行挑战，然而他很快就耗光了力气，我还是第一次看到他这么孱弱的样子。

我用双手接着沿着墙壁流下来的水，掬了一捧送到成濑先生嘴边。看到他把嘴埋进我的手心里吮吸的样子，我觉得自己就像在饲养一只幼小的动物一般，心中怀抱着一种怜爱之情。

成濑先生似乎已经精疲力竭，他闭上双眼睡了好几个小时。醒来之后，他继续尝试以趴着的姿势爬上台阶，然而此时他的双腿肿得越来越厉害，腿上的皮肤开始呈现暗青色。

如果我的内部时钟没有紊乱的话，那么这应该是我们被困在这里的第三天了。成濑先生最终向疼痛投降，放弃了攀爬台阶。

当我捧来水给成濑先生喝时，"幸好是你在，"他用沙哑的声音说道，"在这黑暗的地底，只要一想到你不会在我睡着期间先我一步死掉，我就觉得内心得到了救赎。能够知道先死掉的是自己，真幸福啊。"

这时，我想起了鲁伊斯说过的话：人类最害怕的事，就是孤独地出生、孤独地死去。

我第一次握住了成濑先生的手,不知为何,我觉得此刻这样做是最恰当的。我对成濑先生说:"我会守护您的。一直到您闭上双眼为止,我都会睁着眼睛守护您。"成濑先生一下子露出了安心的笑容。看到他的这副笑容,我突然意识到成濑先生是把我当作人类一样珍视着的。

成濑先生回握着我的手,说道:"我之前就听传言说近期会爆发内战。我想着,如果是在首都,免于故障、正常运转的人工智能机器人说不定会比活着的人类还多。如果你能幸存,并且与其他人工智能机器人会合的话,那么在确保自身安全的情况下,你就可以用回你原本的自称了。"

"这是什么意思呢?"我问道。

于是,成濑先生做出了解释。

在成濑先生订购我时,工厂出了一点儿差错,他原本订购的是少年型人工智能机器人,可工厂发来的却是少女型人工智能机器人。工厂得知之后,向成濑先生赔礼道歉,还提议说,如果成濑先生愿意等的话,他们就取消这次的订单,把我改送到别的地方。

然而,由个人定制的人工智能机器人一旦因为某种原因被退货,就会被降价进行普通销售,最终不知道会被卖给什么样的顾客。在这种情况下，人工智能机器人被用于不正当目的的可能性会增加。

尽管被法律所禁止，但因对少女型人工智能机器人施加性暴力而导致其故障或被遗弃的事件仍层出不穷，有时还会出现对其进行租赁的金钱交易，以及将其从所有者那里强行带走的案件。除此以外，还有这样一群专业人员，他们对被违法使用的人工智能机器人进行改造，使其能够更加强烈地感受到痛苦和恐惧。

所以成濑先生才在一开始就十分严厉地对我说："自称'我'就可以了。"

他还向我吐露了内心的猜测："说不定我妻子还活着。"

"她在哪里？"我问道。成濑先生只是沉默着摇了摇头。

由于拒绝与政府合作，成濑先生被看作反社会人员，之后恐怖组织盯上了他，强迫他协助开展恐怖活动，成濑先生对此也表示了拒绝。而他的妻子却因为这一层亲属关系而深陷不幸。有一天，成濑先生的妻子出门购物，途中却被人带走了，等到一周后回到家中时，她身上到处都是破损（用这个词来形容人类实在是有些怪异，但或许是因为成濑先生不愿对此进行详细说明，才故意使用了这个词吧），但显而易见，她被人玩弄，惨遭虐待。成濑先生断断续续地讲述了这一切。

他的妻子是一位优秀的研究员，无论在哪里都能获得工作。因此她哭诉说，想立马逃回自己母亲的祖国，但成濑先生却权衡起妻子与父母留下的工作这二者之间的分量来。他对妻子说，希望能给他一个晚上的时间考虑。

第二天早晨，成濑先生的妻子就不见了。

自那之后，成濑先生在工作间隙一直四处打探和搜寻关于妻子的消息。然而他不过是一个生活在乡村的技术人员，因此未能获得任何线索。

成濑先生说，正因如此，他才会希望至少能从我被送到他家开始，直到最后他离开，都完美地保护我，却没想到如今竟落得这步田地。"这样的自己真没出息啊。"成濑先生讲完了整件事。

他略微一笑，又变回了平常那副态度，断言道："小孩子没必要知道这些。"我本想勉强回以一个笑容，但一想到反正他也看不见，便作罢了。

在潮湿的黑暗中，成濑先生的心跳声渐渐变弱，我已分辨不清他究竟是睡着了还是醒着。每当我摇晃着他的肩膀喊他的名字时，他都会眯着眼睛，发出一些"啊"或"噢"之类的简单发音。"成濑先生，请振作一点儿。只要能活下去，就一定会有人来救我们的。"面对拼命呼喊的我，他说道："抱歉，把你留在这黑暗中，自己一个人先死掉。"

那一瞬间，我感觉自己好像突然被黑暗紧紧包裹，动弹不得。

"成濑先生？"当我发现自己的声音回荡在这深邃的空洞中时，之前一直未能启动的感情突然开始在程序回路中高速运转，仿佛要擦出火花一般。

我对着倒在地上的成濑先生央求道："好可怕，我害怕，我一个人的话太害怕了，我们一起从这里出去吧！"

他发出一阵快要呕吐似的声音，支起上半身，把身体的重量都压在我身上。他在我耳边喏喏着说，让我一直沿着隧道走下去，总会到达出口的，然后呼叫救援过来，只要想着他还在这里活着等着我，应该就不会那么害怕了。

我本想立马说"我做不到"，但我体内确保自己会听从所有者命令的言行抑制功能启动了，我自动站起身来，回答道："我知道了，我去寻找出口。"我一级台阶一级台阶地朝着隧道底部走了下去。我一边下着台阶，一边心想，我确实不是人类啊，毕竟我能把快要死去的他留在这种地方，自己一个人走掉。我期待着成濑先生说出"你还是回来吧"，可他却不再作声，我也不曾停下脚步。

我在黑暗中一直走着。

正如成濑先生所言,我只要想着我是听从了所有者的命令,正在履行义务,内心就难以置信地变得平静。

脚下到处都是泥泞,有时还会感觉到腿上溅上了黑色的污水。某处传来风的呼啸声,或许离出口已经不远了。我举起右手,把手心朝向黑暗,一股冷飕飕的空气微弱地撞击着我的手掌。当我感受到它的冰冷时,我才意识到之前成濑先生的手是多么温暖。明明他根本不必搭理我这台机器的恐惧心理的,我不过是他的订单配送出错才送来的商品,他要是没有收下我的话,如今就不会一个人在黑暗中静待死亡了。我的所有者——成濑先生真是一个严厉又温柔的人。

我的身体能够准确地感知时间的流逝,它清楚地向我传达着一个事实:恐怕成濑先生已经不在这个世上了。

尽管如此,我依然前行着,因为这是所有者对我下达的最后的命令。

走了好几天,终于有一束光照在了我满是泥泞的脚下。

当我来到地面上时,发现一切正如成濑先生所言,首都已处于半毁灭状态,大部分建筑已化为灰烬,街道不见了踪迹,大地上不再有遮掩物,唯有疾风呼啸而过。

我感受到头顶上方有异样的阳光照射下来,失去了所有者的我只能再次迈步前进。

许多人类的尸体横倒在地，其中还混杂着人工智能机器人的亡骸，他们的内部电池暴露在外，机体已停止了运转。或许是由于某种毒气的释放或泄漏，除了燃烧着的尸体所产生的气味以外，风中还夹杂着一股异味。这对我本就没有影响，为了把成濑先生从隧道中带出来，我继续前行，寻找幸存者。

终于，我抵达了大使馆，它因远离街区而幸免于难。我隔着门把成濑先生的情况告诉里面的人，就在这时，我的内部电池电量耗尽，我停止了运转。

当我再度睁开眼时，我已被护送到保护隔离设施里被隔离起来，一群长相带有异域色彩的人正手忙脚乱地维修我。

讲得有些长，这就是我的经历。

等待您的回信。

第六封信

在我接连读完您的回信之后,我终于明白为什么我明明只是一个家用人工智能机器人,却被郑重地保护起来,还远渡重洋被送到这里来。

看来成濑先生是被当成引发这次战乱的大规模恐怖袭击事件的主谋之一了。

原来毗邻的大国从很久以前就开始以维护正义的名义,寻找着对我的祖国进行干涉和攻击的机会,有很多专家认为祖国的恐怖分子们不过是被邻国巧妙利用了。感谢您告诉我这一情况。

老师您在信中写道,关于成濑先生在那场战乱的前一天晚上去了哪里,我有义务向您提供尽可能详细的信息和证言。

但真的是这样吗,老师?

我从读到您的第三封回信时就开始略感疑惑,为什么除了客观事实以外,对于我与成濑先生的日常相处,以及我从中萌生的感情,您都想了解具体的细节呢?

老师,说实话,我现在很生您的气。

您之所以再次问到有关恐怖袭击前一天晚上的事,是因为您并不相信成濑先生与此无关,对吗?

明明成濑先生连预想到一台批量生产的少女型人工智能机器人可能遭受到的伤害都会感到痛心,他怎么会去杀人呢?

在最后一封信中,您出现了一个失误。恐怕您是在得知成濑先生已不在人世后,内心大受打击,因此像平时一样心不在焉地签下了自己的名字吧——您真正的名字。

我在成濑先生家中的文件柜里看到过同样的名字。

成濑先生当初的确在决定是否要为了选择您而抛弃一切的时候犹豫了,但即便如此,您为何决定在当天晚上就弃他而去呢?您知道在您逃亡之后的三年左右的时间里,您的祖国在新闻中是怎样被报道的吗?想象一下近期连普通市民都会遭遇的危险,这并不是一件很困难的事吧?

成濑先生在即将失去意识之际告诉我这样一件事。

十年前,为庆祝首都最高的瞭望台落成,活动方于深夜十二点举办了揭幕庆典。当时有很多普通市民蜂拥而至,成濑先生和弟弟也以参观的心态一起参加了庆典。那里的侍者是当时最先进的人工智能机器人，而站在那群人工智能机器人旁边注视着这一切的那个人，就是成濑先生后来娶的妻子。她侧身站着，满脸自豪，但又略显羞涩，微笑的样子看起来有些天真烂漫，成濑先生从看到她的第一眼就心生爱怜。

我和成濑先生出发去首都的那天，正好是庆典十周年的前一天。

成濑先生大概是想回顾与您共同的回忆吧，或许他还抱着一丝希望，想着说不定能再次见到您。连我这个人工智能机器人都能明白的事，老师您为什么就想不到呢？

再见，老师。

我不会再回答您的任何问题。

第七封信

晚上好,老师。

我本打算不再给您回信的,直到我读了您的来信。

您在信中写道,虽然这很悲哀,但人类女性的内心就是这样的,仅一个晚上就能完全转变想法。

如果是这样,那么我为自己生为人工智能机器人而感到自豪,即使我如今已失去了所有者和存在的意义,我也依旧这么认为。

在我开始写这封信之后,立马就接到了政府发来的通知。

一方面,毫无理由地销毁酷似人类的我,在这个国家会触及伦理问题;另一方面,人工智能机器人与人类社会的共存尚处于研究阶段,因此我不被允许进入人类社会。也就是说,作为我免于被销毁的条件,我将无法离开这里。我回复说:"我知道了，我没有异议。"毕竟我已失去了存在于世的目的。

本就没有生命的我，存在于没有成濑先生的世界，存在于成百上千人被满不在乎地杀害的世界，这到底意味着什么呢？我至今仍无法理解。

说起来，刚才听到了外面传来什么东西流动的声音，我打开窗户，隔着铁格栅看到像雨一样的东西落下来，我还在想这些是什么。

仔细一看，才发现那是无以计数的花瓣。在视线的前方，有一棵我从没见过的树，满树白花盛放，随风飘落。为什么我如今在与祖国相距如此之远的国家的某个角落，还能看到这么美丽的事物呢？成濑先生的遗骸是否至今仍在那片黑暗中等待着我回去呢？

他的声音还记录在我的存储系统中，我好想再次被那严厉的声音命令和斥责。这份愿望究竟源自什么情感呢？我不明白。

『幽灵』

——辻村深月

第一次离家出走时读的故事

电车像是穿行在夜晚的缝隙间一般奔驰着。

我望着窗外流逝的景色出神,看着它们一点点失掉白昼的光彩。

我没在看书,没在看平板电脑,也没在听音乐。

我第一次这么长时间单纯地看风景。离开我熟悉的城镇,车窗外的景致渐渐地变得陌生。

午后的阳光透过车窗照进车厢内。不久,车厢内就染上夕阳的橙色余晖。此后,阳光像是被一点点吸进夜晚的世界一般,逐渐消失。我怀着惋惜的心情,用目光追逐着这最后的光芒。

这应该是我最后一次看到白昼的阳光了吧。

我不会再回到这个明亮的世界里来了,大概也不会再回到那座熟悉的城镇了。

从电车车窗倾泻而出的黄色灯光缓慢又温柔地撕扯开这个充满深意的夜晚世界。一想到我将不会再拥有早晨，我就心生孤凉，但同时又觉得平静舒畅，松了一口气。我已经不必再回去了，不必再回到早晨的世界，不必再回到我的日常生活，不必再回到那间没有我的容身之处的初中音乐教室。

夜晚已至，电车里的乘客变得稀稀拉拉的，我紧紧咬着嘴唇。我已经决定要实施了，我其实一直都在考虑这件事，终于在今天，我坐上了电车。我不会再回去了。今天就结束一切，或者明天照常去上学，在这二者之中，我无法想象明天去上学的场景。

电车停靠在某个车站。

我第一次听到这个站名，之前我从来没有从这里下过车。没有乘客上下车，空旷冷清的站台上等距离设置着照明灯，灯光很美。夜晚的空气如水般澄澈清透，与我昨天在家乡城镇所度过的夜晚相比，连空气的颜色都截然不同。

一直都没有乘客上下车，电车准备发车时，传来了乘务员的口哨声。我听着那声音，呼吸着由夏入秋时那特有的、高透明度的夜晚的空气，心口一阵抽紧。

电车发车了。车里除了我，还有一位穿着西装的上班族模样的男性，以及一位把手推车放在身旁的阿姨，他们都坐在离我稍远的座位上。这两人虽然从好几站前就上车了，但他们似乎丝毫没有留意到我。这样一想，我就觉得自己很凄惨，便绷紧了脸颊。看到初中生在这个时间还自己一个人坐电车，不是应该有人表示一下担心，来询问一下情况吗？也许乘务员会来巡察，并且留意到我呢？明明我都已经决定不回去了，却从刚才开始就好几次冒出这类想法。

我今天花光了所有的零花钱，买了一张相当于我全部财产份额的车票。而且只是单程票。我在能买到的范围内选了最远的车站、最贵的车票，并且坐上了这班电车。走出家门时，我把手机关机了。现在家里人估计已经乱套了，或许已经联系了学校的老师们。我想象着这一切，自言自语道："我已经没有回头路了。"

在电车前行的目的地，没有我认识的人，那是我从没去过的遥远之地。不知何时，那位上班族和阿姨已经不在车里了，电车上只剩下我一个乘客。

这时，座位对面的车窗外的景色，突然全部消失了。

刚刚一直流逝在车窗外的景色——已经完全没有建筑和路灯的景色——几秒钟后再次出现。换作平时，我恐怕不会对此有任何感触。但我注意到，那片景色应该是大海。电车驶离陪伴着我出生长大的县城，来到邻县的沿海之地。

说起来，我还不曾见过夜晚的大海。

我一时兴起，冒出了一个念头。虽然我买的车票还能再坐一段路，但我还是冲动地下了车。

这个车站很小，只有一个站台乘务员。

一下车，我的鼻尖就掠过一丝海浪的气息，高湿度的暖风轻抚着我的脸庞。四周路灯稀疏，唯有车站的灯光明晃晃的，很是夺目。这个小镇是如此的冷清。

即使我穿着这附近不常见的校服，也还是没有人留意到我。我低着头穿过检票闸口，走在古旧的瓷砖铺就的道路上，一个劲儿地盯着脚下的路。我背着书包，朝刚刚透过车窗看到的地方——那片大海，快步走去。

九月上旬，正是由夏入秋的时节，想必已经过了海水浴的旺季了。汽车在马路上行驶，它们的车灯好几次照在我身上，又越过了我。除此以外，我没与任何人擦肩而过。大部分个体商店和餐馆的卷帘门都关着，门口的招牌在海风的侵蚀下已然锈迹斑斑。

我在这个夜晚的陌生小镇一直走啊，走啊，走啊。唯有月亮追逐着我，一直悬挂在我的正侧面。

走了一段路后，我听到了浪涛声。

我循着"唰啦——唰啦——"的声音继续走着,终于来到了一条能看见大海的道路上。道路左侧排布着商店等建筑,从这里还能看见紧挨建筑后方的沙滩和防波堤。

我想去离海再近一点儿的地方,便继续往前走,来到一处没有建筑物的宽阔之地。这里被白色混凝土浇筑而成,类似广场,面朝大海的一侧还有众多等距离放置的、用作车挡的石头,或许在海水浴旺季时这里也会充当停车场。广场两侧的建筑上都写着"海之家",但没有灯光,毫无生气。或许与旺季是否已过无关,这里早已凋敝,不再经营了。

听着"唰啦——"的波涛声,我总觉得这是谁在呼唤我。从下车时就一直能闻到的海浪与礁石的气息,在听到波涛声后变得更为浓烈。往下一看,虽然眼前一片漆黑,但隐约能看见几处拍打着海岸的波涛的形状。在周围稀疏的路灯的照射下,海面上到处都闪耀着鱼鳞般的白光。

我把双手搭在书包上,对着大海看得出神。明明今天从坐上电车开始,意识就从未像现在这样清晰敏锐,但我同时又感到自己被一股不真实感萦绕着,如同身处梦境中一般。

我突然生出一个念头:就这样投身大海也不错。

虽然这大概会很痛苦,但不论选择哪种方式都是一样的。今天之所以来到这么远的地方,来到这片大海边,说不定就是为了能够选择这种方式。

正这样想着，我转头往旁边一看，突然注意到一个东西。

在广场侧面，有一个供着鲜花的角落。在电线杆的近旁，在能看见大海和海滨的广场边上，放着一束用塑料纸包装起来的大波斯菊和满天星。在鲜花的前面，放着罐头饮料和玩偶等物品，除此以外还放着一袋烟花，像是在惜别夏天。

或许有人在这里去世了。是交通事故吗？还是溺水事故呢？又或许是自行结束了生命吗？

后来的一切都开始于我漫无目的地猜测这些原因的时候。

"你是一个人吗？"突然听到近旁传来这样的声音。

我吃了一惊，急忙回过头去。

背后站着一个女孩，与我年纪相仿，穿着一袭白色无袖连衣裙。或许是因为她眼睑太厚，加上眼角下垂，她的眼睛看起来没精打采的。她胳膊很细，长发搭落在胳膊上。

我完全未察觉到她是什么时候走过来的，完全不知道她是从什么时候开始站在我身后的。

我正困惑着，她朝我走来，几乎没有发出任何声音，就这样走到我身旁。

"你一个人吗？"

"我……一个人。"

我吓呆了，迫于情形点了点头。她盯着我的脸，沉默了一会儿，像是在思考什么，随后点点头，说道："这样啊。"她的黑色长发随之轻柔地甩动。

"你在这种地方做什么？"

"这个……"

她的眼睛几乎一眨不眨地盯着我，我被她双眼里的压迫感慑住了。

"我来，看海。"我立马回答，话却说得吞吞吐吐。她又毫不客气地盯着我看了许久，嘀咕道："哦。"

这个女孩穿得真单薄。夏日将尽，她却还穿着无袖连衣裙，想必是本地人。不过，地处海滨小镇，她却完全没有晒黑，露出的胳膊在月光下显得有些苍白。

"那你呢，你这个时间来这里做什么？"

走出车站时，我最后一次看了一下时钟，当时是晚上九点左右。我总觉得她刚才在责备我，便如此反问道。她静静地扭动了一下脖子。

"啊，我啊，"她开始述说道，"我和妈妈吵架了，出来销毁证据。"

"什么？"

"因为我房间实在太乱了，妈妈今天就发火了，让我必须全部收拾好，不然不许睡觉。我倒是紧赶慢赶地收拾完了，不过发现了这个。"她从背后拿出了一个东西。

刚才她向我搭话时，我并未注意到，她手里拿着一个扁平的大袋子，袋子上还写着大大的"烟花组合"几个字。

"这应该是前年买的，忘记放了。虽说是好久以前的，但我想着毕竟里面有火药，不能就这样扔掉吧？要是被爸妈发现了，他们会更加生气的。所以我只好把它们点燃处理掉，这才从家里溜出来。"

"这样啊……"

我不知道该做何反应，无意识中与她拉开了一点儿距离。广场边的下面就是海岸，这里却没有设置护栏，太危险了。我偶然间望了一眼刚刚看到的那束花，但从这个位置看过去，那里刚好被电线杆挡住了，看不真切。

不过，我却有些讶异。

刚才还和花束一起供着的烟花好像不见了，跟这个女孩手里拿着的一样，是扁平的烟花袋子，我记得刚才确实是被供在那里的。还是说供着的烟花袋子只是因为被电线杆挡住了，所以我才没看见呢？

"啊，怎么办……"女孩说道，好像突然遇到了什么困惑。

"说是要放烟花，可我却忘了带火柴或者打火机来了。"

"啊，我带了，你要用吗？"听到她的困惑，我突然想起书包里装有打火机，便脱口而出。

她脸上立刻洋溢出光彩："真的吗？"

"嗯。"我点了点头，向她走近，这时我才注意到一件事——她光着脚。

我的后脖颈像是有电流穿过，明明气温跟刚刚相差无几，我却觉得后背发凉得厉害。

在海边的水泥铺就的广场上，她没穿鞋。

"啊，完全打不着火呢！"她从袋子中取出几支烟花棒，用手捻开，不满地说道。

袋子中装有一支点烟花用的细蜡烛，我把蜡烛立在水泥地上，试着用打火机去点蜡烛。但因为我平时完全不会用到打火机，所以最开始怎么都打不着火。我正疑惑着，她说了句"给我"，便"咻"的一下使劲儿一滑手指，火苗就点燃了蜡烛。

然而最关键的烟花棒却怎么也点不着，即使把烟花棒的顶端放到火苗上，火苗也只是在顶端摇摇曳曳，完全没有要绽放出火花的迹象。

"是不是受潮了啊？毕竟是好久之前买的了。"

她的声音听起来有些落寞。我的注意力从刚才开始就一直集中在电线杆的背后，用作供品的烟花还在那里吗？如果这个女孩现在手里拿着的是那一袋烟花，那么点不着火或许也在情理之中，在这毫无遮挡的地方经受着风吹雨淋，火药很可能受潮了。

"那个……"

"什么？"她的声音听起来漫不经心。

"那里放着花束，是因为有谁去世了吗？"我问道，心怦怦直跳。

"哪儿？"

"在那里，在电线杆的后边，放着花啊独角兽玩偶啊什么的，好多东西呢。"

"啊……"她缓慢地点了点头，然而她并未看向花束或电线杆的方向，只是取出新的烟花棒，尝试点燃。

"好像是在几年前发生了事故。"

"去世的该不会是个女孩吧？"

"为什么这么说？"

"因为供品有玩偶、罐装奶茶之类的东西，会让人觉得可能是女孩。"

"嗯。"她点点头，又取出新的烟花棒，看着我说道，"是呢,好像确实是个女孩。"

"刚刚说的事故,是指溺水事故吗?"

"嗯。"

一阵风吹过,蜡烛的火苗明明晃晃,突然一下子熄灭了。她依旧不曾看向花束的方向,而是从正面盯着我的脸,小声地说道:"是哦,是因为溺水事故死的。"

我慢慢地咽了一口唾沫,努力不被她察觉。

下一秒,她恢复了原先的表情,露出一副开玩笑的样子,说道:"啊,火灭了!"于是又伸手去拿打火机,手指再次猛地一滑,点着了打火机的火。

我一边看着她打火,一边看向她的影子。

常听人说起,死去的人是没有影子的。

然而,此时仅有路灯和月亮的微弱光芒,脚下的光线太过黑暗,加上左右两旁的建筑物的影子也隐隐投在地面上,因此我无法辨别她的脚下是否有影子。况且,我看了一下自己的脚下,就连我自己的影子的轮廓都看不真切。

她尝试点了不知多少根烟花棒,叹了一口气。

"唉,真的假的,连线香烟花[①]都点不着,这怎么可能呢?"

---

① 一种缠绕在细竹棒上的小型烟花,手持一端后点燃另一端,可以挥舞。

"全部都受潮了吧？要不算了？"

"啊？不要！我要全部都试一遍，不然好不甘心。"

她一袭白裙摇摇摆摆的样子，像妖精一样轻盈，充满着幻想的气息，甚至让人觉得太过轻盈了。她从袋子里拿出新的烟花棒，把其中一根递给我。

"你也一起放吧？"

我没作声，像是受胁迫似的接下烟花棒。我像她一样蹲在地上，把烟花棒的顶端靠近蜡烛的火苗。

然而完全没有要蹿出火花的迹象。

我和她面对面蹲着，一起把烟花棒伸向火苗时，她开口道："我可以问你一个问题吗？"

"嗯。"

"你是离家出走了吗？"

蜡烛很短，在摇曳的火苗之下，蜡泪开始一滴滴滑落。我假装顾不上看她，全部注意力都放在烟花顶端，但实际上心脏猛地跳了一下。

"为什么这么问？"

"因为你还穿着校服——不是这附近学校的校服，所以我觉得你是放学后直接跑过来的。"

面对我假装平静的声音，她露出一副认真的表情，不假思索地再次问道:"初中生?"

"嗯。"

"是吗,那跟我一样。"

在她听到我的回答并点了点头时,我有些后悔,心想至少应该说是高中生。不过在听到她说"那跟我一样"时,又庆幸自己说了实话。

今晚我一直有一种感觉:这个夜晚充满深意。在一座陌生的小镇,第一次度过这样的夜晚。现在,我觉得自己能问出口了。

"那个,我也能问你一个问题吗?"

"可以啊,什么问题?"

"你该不会是幽灵吧?"

我的嘴唇微微颤抖着,虽然我本想清楚地说出"幽灵"二字,但"幽"字的尾音被我拖得轻轻的。听到我的问题,她的嘴角浮现出一个浅浅的微笑。如同我刚才反问她一样,她也反过来问我:"为什么这么觉得?"

"这么晚还在这里,还穿着这么单薄的衣裳,而且……"我尝试着解释。

通常情况下,我会认为世界上并不存在幽灵,而且事实上我从没见过幽灵。

不过，在现在这个时间点，或许幽灵是存在的；以现在的我而言，或许真的会引来幽灵。

之所以这么说，是因为我现在正处于离"死"非常近的地步。

"那个，我再问一个问题吧。"

即使被问"你该不会是幽灵吧"，她也面不改色，毫不慌张，把手上尝试点着但失败了的烟花棒轻轻地丢到地上，又拿出一根新的。她把烟花棒的顶端伸向火苗，再次问我："你打算死吗？"

仿佛正面遭受了狂风摧残一般，我的思绪变得摇摆不定，嘴仿佛被粘住了一般，好不容易才声音沙哑地问出了一句："为什么这么问？"

她清清楚楚地听到了这句略带沙哑的提问，却并不看我，只是看着烟花棒的顶端，回答道："你刚才从书包里拿打火机的时候，我看到了，书包里还有绳子、小刀之类的，虽然刀刃的部分用毛巾包起来了，但那的确是小刀吧？"

面对这一提问，我沉默着。她又继续说道："至于打火机，说不定也是打算用它来达到这个目的的吧？明明你很不擅长用打火机，为何会随身带着它呢？"她用唱歌般的嗓音说完后，抬起头，与我目光相对。

"如果你想的是用打火机点火烧死自己之类的，那一定会非常痛苦。"

不对。

我还没有决定好要以什么方式死去。虽然我姑且把小刀和绳子一并带来了，但不确定自己是否也带了实施的勇气，所以我以一种"以防万一"的心态带来了打火机。

"不对。"我终于开口了。她下蹲到与我相同的高度，手里依旧拿着烟花棒，一直无言地盯着我。

"打火机……其实是为了在放弃的时候用的。"

我不明白自己为什么会说出来，明明在此之前不曾向任何人透露过任何内容。然而，此时话语却像满溢的水一般倾泻而出，难以遏制。

"是为了在放弃的时候烧掉遗书。"

在我说这话的时候，我自己才意识到：啊，原来是这么一回事啊。

打火机原本放在祖母的佛龛里，是用来点线香的。我把它借来放进了书包里。我原以为自己只是想把能让人联想到"死"的物品都攒到一块儿，才不自觉地把譬如小刀、绳子一类的东西都装进了书包。但我真的是这样想的吗？事到如今，我还想着自己或许会放弃吗？我现在才突然明白，我并不想撕掉或者扔掉遗书，而是想完全销毁它，所以才会带着打火机。我还没有摒弃掉这一可能性。

明明已经那么坚定地下定决心了，却……察觉到自己内心的真实想法后，我惊愕不已，呆若木鸡。

她轻轻地、清楚地说道："别干了。"

她的眼睛一眨不眨，隔着蜡烛的火苗，认真地看着我："会很痛苦的哦。"

"但是、但是……"我的喉咙颤抖着，肩膀开始发烫。

我已记不清最初是什么时候开始觉察到异样感的。当我感觉到有一丝奇怪时，一切都已经不同以往，即使我想变回曾经那样，也已经无能为力。在第一学期结束、开始放暑假时，一切都还能忍受。但当新学期开始后，我每天都过得无比痛苦，几乎快要窒息了，我觉得自己已经坚持不下去了。

"是你吧？"她们这样问我。

"是你泄露了秘密吧？"

我明明说了不是我，明明确确实实地去抗议过，但没有人愿意相信我说的话。连那些起初为我辩解说"这么轻率地就认定是谁，太过分了"的社团里的朋友们，也在不知不觉间疏远。即使我向她们打招呼，她们也只是意味深长地互相递眼色，然后一脸尴尬地走远。当我回过神来时，自己身边已经空无一人了。

不知何时，班上的同学也知道了我在社团活动中遇到的事。如此一来，连待在教室里都渐渐变得让我喘不过气来。我总觉得周围的人在嘲笑我，都在说我跟人起了纠纷，最好不要跟我扯上关系，甚至会随意笑话我。

我去找老师商量，说我想退出社团活动。可是，这样一来，前辈和那些人却这样说我：

"你打算逃走吗？"

"明明是你自己的错，你却打算跑掉吗？"

"如果你有在好好反省的话，就拿出你的态度来让我们看看啊。你休想逃走！都怪你，我们才落得如此下场。"

我曾经那么喜欢吹奏乐器，可如今只要一看见乐器，一听到乐器的声音，内心就变得无比痛苦，心跳加速，大家的声音就像是在追赶我一般从背后传来。当我举着单簧管的手指颤抖时，我在心里如此想：

"我没做错，所以我只能让你们所有人看看，让你们在我已经死掉的世界里，在没有我的世界里好好反省一下，想象一下我当初是什么样的心情！去痛苦吧，去被无数人责备吧。"

父亲和母亲什么都不知道，他们如果得知我今天已不在人世，一定会非常伤心吧。一想到这一点，我就感到心痛，内心好像被揪住、被勒紧一般。对不起，对不起，对不起……我无数次这样想：如果母亲知道自己的孩子被大家那样讨厌着，一定会很难过的。

如果我死了，或许人们会用"欺凌"这个词来描述。但我并没有被欺凌，我只是不知何时起被大家讨厌了，大家觉得跟我交好是一件很低劣的事，极其低劣。

"我已经决定要这么干了，今天不能不实施，因为我已经没法儿回去了，我完全无法想象自己再次回到家里、再次去上学的情形。我第一次拿出勇气来到这么远的地方，如果今天没能实施的话，我可能没办法下第二次决心了。"

我不必再回到白天的世界了——正因如此，我今天才抱着惋惜的心情看着车窗外流逝的景色。我也是第一次在夜晚来到海边，所以我不想回去，不想重复过那样的日子了。只要想到那样的日子将日复一日，明天、后天、之后的每一天，自己都要在那个地方生活下去，我就忍不住想要发出悲鸣。

但是……

"别干了，至少今天别干了。"我眼前的这个女孩说道。

明明才刚遇见，她却用认真的眼神目不转睛地看着我，我原以为不会再有人如此真诚地看向我了。

她低垂着双眼道:"熬过了今天,也许会发生什么改变哦。"

"不可能的,什么都不会改变的。"

"但你是第一次来到这么远的地方吧?"她突然厉声道,"毕竟你都能来到这里了,所以一定会没事的,收手吧。"

"但是……"喉咙像是被掐住一般无比痛苦,我带着哭腔高声喊道。

正在这时,我手掌的前端突然开始发光,响起一声尖细的"咻"声,耀眼的光芒突然划破黑暗。烟花棒点着了,从我的手掌前端喷射出长长的火花,仿佛星星的尾巴。

"啊?"

"啊!"

我和她异口同声。

我们忘掉了刚刚的谈话内容,只是喊道:

"哇——!"

"哇——!"

"点着了!"

"点着了!"

火花划落,势头越发高涨,即使是受潮了的烟花棒,也能发出如此光彩。

一直在耳畔作响的浪涛声消失了,火花"噼噼啪啪"的声音回荡在四周。

我心怀惋惜地注视着火光,听着火花声,追逐着手中短暂的璀璨,直到它消失,直到最后一刻——就像今天在电车上透过车窗惋惜地看着最后的太阳一样。

即使烟花熄灭,火花声停息,那烟花的残影也依旧停留在我的双眼深处。烟花在空中描绘出弧形后,垂落的形状与秋天的芒草的形状有些相似,一想到这一点,我的内心就突然流淌出一股哀思——今年我还能再看到芒草吗?我还能看到母亲、祖母一起摆放的月见团子①和芒草装饰②吗?——都怪那些人。在下一个瞬间,我心中的感情迸发开来,无法抑制。

"我——"

我在原地蹲下,手里紧紧捏着烟花燃尽后的残骸,上面还散发着火药的气味。我就这样一动不动,紧闭的双眼渐渐溢出眼泪。

"我不想死啊。"

火花声刚停息不久,余音还萦绕在脑海。我并非想将这句

---

① 日本人在中秋节赏月时品尝的一种江米团子。
② 日本人在中秋节时会用芒草做装饰。

话说给谁听，而是情不自禁地吐露出声，连我自己都吓了一跳。这份心情究竟是悲伤、愤怒，还是痛苦？明明是我的心情，却连我自己都无法准确定义。

"嗯。"

听到她的声音，我把双手从发烫的眼睑上缓缓拿开。她还在这里。即使她像突然出现时那样突然消失掉，我也丝毫不会觉得奇怪。因此，看到她还在这里，我感到十分安心。

"但是，我很害怕。"

"嗯。"她又点点头，"确实很令人害怕呢。"

"我不敢回去，大家恐怕都乱成一团了，妈妈他们肯定也非常担心我。"

"嗯。"

"我也没钱了，但是……"

待我意识到这一点时，我说道："你会陪在我身边吗？"

无法对普通朋友说出口的话，却能对着她说出来。我想象着我眼前的这个女孩消融在清晨的阳光里，然而……

"你能陪我一直到早上吗？"

电线杆后面真的放着烟花袋吗？说起来，那里真的供着花束吗？我的记忆变得模糊起来，我已不必再确认她脚下是否有清晰的影子了。

我原以为幽灵是把人引向死亡的恐怖之物，会存在像她这样把人往生存的方向紧紧拉住的幽灵吗？

"嗯。"

她点点头，手里拿着烟花棒，微笑着。

"好啊，我会陪在你身边。"

今天可能是忌日。

是对我说"今天别干了"的那个女孩的忌日。

或许正因为是忌日，所以那里才摆放着鲜花和很多其他供品。

或许正因为是自己去世的日子，所以她才对我说"很痛苦的哦"。她来到了太过接近死亡的我的身边，来到了深陷迷茫的我的身边。

或许那个女孩内心有所悔恨，所以才选择现身，来告诫和劝阻我。

我忘了问她的名字。

要是问问她就好了。

说起来，我也没有告诉她我的名字。

"啾啾——"传来麻雀的鸣叫声，宣告着每一个惯例的清晨的到来。

混杂在"啾啾"声中的，还有远处传来的"嗷嗷"声，听起来像是海鸥的叫声。我的眼睑感受到了明晃晃的光亮，泪痕已干的脸颊感受到了阳光。

我感觉到了谁的呼吸一类的东西——感觉它来自一个潮湿的鼻子。我听见了"哈、哈"的声音。

像是狗的鼻息。

我慢慢睁开眼睛，朝阳的光芒渗进因流泪而发僵的双眼。仅微张眼睑，阳光便直射入眼里，我感到眼睛一阵刺痛。水泥地僵硬无比，我全身都在发痛。当我睁开双眼时，猛地看到近旁有一只黑色长毛大型犬，我不由自主地大叫了一声。

"哇！"

"汪汪！"大狗叫唤起来，我慌里慌张地爬起身。我和幽灵女孩一起放了最后一根烟花棒后，我不知何时睡着了。因为哭过，眼睛旁边有许多泪痕，嘴边也有鼻涕流过的痕迹，我赶紧擦了擦下巴。

我站起身，看到一位陌生阿姨，看起来像是正在遛狗。她冲大狗训斥道："喂！不可以！"听到主人的命令，大狗安静下来，滴溜溜地摇着大尾巴。紧接着，大狗朝远处跑了过去，那个阿姨一边追着，一边回头对我说："抱歉，吓到你了。不过你在这种地方睡觉的话，会感冒的哦。"

"啊，不好意思，我马上就回去了，没事的。"我的头脑还不太清醒，嘴快地回答道。

"是吗？那就好。"

那位阿姨满怀着善意向我搭话，但因为手里拽着牵引绳，被大狗拉着走远了。待阿姨离开后，朝阳的光辉再次渗入我眼中，大海反射着阳光，近处的海浪波光粼粼。

我无声地望着这一幕景象。

太美了。

我原本以为自己再也无法看到白天的阳光，但我跨越了黑夜，再次迎来了早晨。

于是，我想起了昨天夜晚发生的事。

我活了下来。然而昨天那个女孩，她就是死在了这片美丽得让我无法睁眼直视，漂浮着无数闪耀的光之碎片的大海中吗？一想到这件事，我的内心就像撕裂般疼痛。

正这样想着，我把视线从大海移回自己的脚下，就在这时，我倒吸了一口凉气。

她在。

啊！她在……她在啊。我揉了揉眼睛，她并没有消失。

那个穿着白色无袖连衣裙的女孩，现在正仰躺在水泥地上沉睡着。她并没有消融在清晨的阳光里,而是一副平静坦然的样子,不,倒不如说她的睡相很糟糕,右手还慵懒地挠了挠后脑勺。

"啊、啊、啊、啊、啊、啊、啊、啊、啊!"

我头脑中的混乱变成了叫喊声。

啊!啊!啊!怎么回事?我陷入了恐慌,战战兢兢地用手指戳了戳她的胳膊——摸得到,她是实际存在的。这个女孩,就存在于此。

"好吵啊……不对,糟了,不小心睡着了。"她一边慵懒地说着,一边缓缓爬起身。

她一副依旧很困的样子,揉了揉眼睛,打了一个像动漫里才会出现的那种夸张的哈欠。然后,她的那双眼睛,看见了我。

"早上好。"

"啊,等一下……怎么回事?"

我心里萌生出强烈的不安,迎上她的目光,凝视着她的脸。她的瞳孔映照出海面反射的阳光,像玻璃珠一样清透。这双眼睛就存在于此。

"你不是幽灵吗?"

"我可压根儿没说过自己是幽灵啊。"

"啊，可是，一般来说，都会这样认为的吧？像那样突然出现在将要赴死的我面前，还光着脚，穿得那么单薄，还有烟花也是……"

水泥地上到处散落着我和她一起放过的烟花的残骸，蜡烛也留在地上，已经烧得很短了。然而直到此时，我才注意到广场的边上。

昨天因为天色太暗而没能注意到，不远处放着一双带有动漫角色形象的黑色沙滩凉鞋。"哈。"女孩刚睡醒，又打了一个大大的哈欠。

"我喜欢光着脚，这样很舒服，所以把鞋脱掉了。"

"那烟花呢……"

我看向电线杆旁边供着鲜花的那个角落，烟花袋子果真还在那里，看起来昨晚真的只是因为被电线杆挡住了，所以我才没看见。

这个女孩说的是真的吗？

我愣住了。她把手伸进白色连衣裙的口袋里，拿出手机。她看了一眼手机屏幕，发出"呃"的声音，脸皱成一团。

"糟了，妈妈打了'夺命连环 call'过来，短信也超级多。完蛋了！"

"妈妈"，这个很孩子气的称呼颠覆了我昨天对这个女孩抱有的近乎梦幻般的印象。仔细一看，会发现她的白色连衣裙上到处是污渍，还皱皱巴巴的，不像幽灵那样洁白无垢、虚幻缥缈。该怎么说呢，这个女孩身上充满了生活气息，脸蛋和胳膊也不像昨晚在月光下看起来那样苍白。

她不是幽灵。

她伸了个大大的懒腰："唉，真的会被骂的。"说完，她开始摁起了手机。注意到我的视线后，她望着我莞尔一笑。

"好好笑，你真的以为我是幽灵吗？"

"因为……如果是在昨天，我有可能会干出那样的事。"

昨天，我承认自己有想死掉的想法，然而如今在这灿烂的阳光下，我却很排斥再将这件事说出口。我说得十分含糊，她也并未继续嘲笑我，而是一脸认真地问道："那个……"她的眼眸清澈无比，仿佛张开了一层光膜，有些担心地看着我。

"你为什么想死呢？"

她的问题提醒了我，事到如今我才想起来，她昨晚连这件事都不曾问过我。她没有问我想死的原因，只是劝我"别干了""很痛苦的哦"，使出浑身解数将我从赴死的边缘拉回来，并且昨晚一直陪在我身边。

她将我维系于此地。

"大家都说，是我把社团的学姐喜欢的人是谁这个秘密泄露给了男生们。"我的嘴唇自然而然地开启。明明我对父母、对任何人都没能说出口。

"虽然女生全都知道，但不知什么时候，这个秘密被透露给了男生，于是大家就开始找泄密者。然后，就有人说是我泄露了秘密，虽然我……没对任何人说过。"

起初，我并不明白为什么自己会被怀疑，但我现在明白了，或许因为我在社团中演奏水平最差。我的节奏落后于大家，有时跟不上乐谱，吹不出音符。学姐很久之前就提醒过我，有很多曲子的主旋律都是由单簧管演奏的，所以我拼命努力，想要追赶上大家的水平。但即便如此努力，我还是拖了大家的后腿，所以学姐们肯定非常讨厌我，因此选择了疏远我。

在这之后，老师大概是看我如此拼命练习，很是担心我，最终却让事态进一步恶化。社团顾问片桐老师是一个男老师，很年轻，也很受学生欢迎，他安排演奏技术娴熟的初三学长们和我一起练习。如此一来，我看起来和片桐老师、男生们的关系变近了，这也是我被大家疏远和怀疑的重要原因之一。

"明明她演奏得那么烂，为什么能得到老师和男生们的优待？"

"明明在那些男生当中，有一个是学姐喜欢的人。"

"这样啊。"她点点头。

她的措辞很轻巧，却也因此带给我救赎。对于与我不同校的这个女孩来说，这不过是"这样啊"这种程度的事。一想到这一点，我的心情就复杂起来，内心一度万分难受，但不知为何，又觉得松了一口气。

"那个学姐是觉得自己因此才被喜欢的人拒绝了，是这种感觉吗？"

"不是的，虽然学姐的想法被喜欢的人知道了，但在那之后，学姐向对方告白了，两个人现在好像正在交往。"

"啊？这算什么事啊！"

她似乎打心眼儿里感到十分吃惊，眼睛瞪得老大，脸扭曲成一团。她的说法和表情都实在是过于夸张，让我也吓了一跳。

她继续说道："这样一来不就没事了吗？学姐的恋情进展顺利，不是万事大吉吗？明明已经没有必要再责备你了，为什么还揪住你不放呢？"

"虽然从结果上来说是很顺利，但大家说还是不能原谅那个起初破坏了约定的人，还说我的态度之类的都很成问题。大概大家已经不在乎这是不是帮助学姐成功交往的契机了。"

"哇……真是难以置信，这群人脑子都坏掉了。"

她一脸厌恶地皱着脸，作为第三方的她能够为我说出这番话，让我心口的堵塞感消失了，心情也变得轻松。

"幸好你没死呢。"她这样说着。

"唰啦——"平静的波涛声与她的说话声重叠在一起。

"幸好你没有因为那群家伙而死。"

"嗯。"

海风裹挟着海腥味吹拂而来。现在的我为自己能感受到这海风的冰凉而感到喜悦，如今我能够发自内心地同意这句话了。

"幸好我没有死。"

"你是第一次来到这么远的地方吧？"我想起了她对我说的这句话。我成功来到了这么远的地方，而且是一个人。

"那个，"她突然开口问道，"你昨天真的是自己一个人吗？"

"什么？"

"我家就在那栋公寓的四楼。"

她指了指不远处大马路旁的建筑，我留意到其中一扇窗户。

她说："昨天，我正苦恼着要怎么处理烟花，从家里的阳台往外一望，就看到在现在这个地方，有你，以及另一个女孩。"

"什么？！"

"她就站在你旁边，感觉是两个人在一起望着大海。我正想着'这两个人在做什么呢',其中一个人就看向我这边,还朝我招了招手。"

我不禁睁大了眼睛,惊讶极了,下一秒,我条件反射般地看向那个供着鲜花的广场一角——罐装奶茶、玩偶、曾经在这里丧生的女孩。

"虽然我不认识她,但总觉得她好像是在叫我,加上我也正苦恼着要怎么处理掉烟花,于是我就过来了。到了这里一看,发现只有你一个人在,所以才问你'你是一个人吗'。"

我挺了挺身子。此刻,我内心的情感并非恐惧或厌恶,这种心情只是让我自然而然地想要摆正姿势、好好站直。

"在那之后,一切都是顺其自然的。"

大海的波光无比耀眼,让人几乎睁不开眼睛。

她眯着眼睛看着波光粼粼的海面,继续说道:"虽然我只是瞎猜,但总觉得你是离家出走,并且想自杀,所以就开口问你了。毕竟我已经见到你了,所以想着'今天绝对不能让你在我面前死掉'。"

我的眼睛再次像被吸住一般,望向供着鲜花的广场一角。

大波斯菊和满天星花束、独角兽玩偶、罐装奶茶、烟花。

"她曾是一个什么样的人呢?"

回过神来时,我已将这句话问出了口。我和她一起自然而然地走到花束前，并排静立，凝视着这个角落。

"她是因为什么而死掉的呢？"

"听说是出了事故。"

我们两个人并排站着，双手合十。我的胸口像被揪住了。

"事故"，也就是说她并非主动赴死，而是原本想要继续活下去，所以她才选择了为我现身。

之前想过的"今天可能是她的忌日"的推测未必不对。今天这里也供着许多物品，有人正在悼念她。而她或许在昨晚想着"我不能对这个孩子放任不管"，虽然我之前还一直认为不会有人看向我，不会有人留意到我。

我双手合十，闭上眼睛，嘴唇自然地一张一合。我小声地说道："谢谢你。"我希望站在我身旁的这个女孩没有听见，但同时又觉得被她听到了也无妨。

昨天，我怀着无可宣泄的情绪来到这个地方，究竟在我身上发生了什么事呢？

"总能解决的。"

她突然开口道。我闭着眼睛，没有应声。

她又说道："虽然他们可能会因为你离家出走而火冒三丈，陷入慌乱，担心至极，但只要你能活着回去，就会没事的，总能解决的。"

"嗯。"

"那个，你肚子饿了吧？去麦当劳吗？"

听到她这么一问，我不禁注视着她。

她抬起头，看向我，开朗地说道："我现在回去也和你一样会被骂惨，不过在那之前，我们先去麦当劳吃早餐吧。"

"这附近有麦当劳吗？"

印象中，这是一座什么也没有的海滨小镇，我昨天就是怀着这样的心情走过那条充满寂寥的道路。

听我这么一说，她立马笑喷了："有啊，干吗？瞧不起这里啊？从那边的一条路进去，很快就是繁华地段。我们走吧。"

她拉住我的胳膊，她的手掌有着切切实实的质感和温度。这种触感让我感慨万千，让我想仰望天空。

幸好她不是幽灵。

接着，我回想起来，昨天我还祈愿过，希望她能陪在我身边。当时说过的话语在我脑海中复苏，让此刻的我很是难为情。

"告诉我你的名字吧。我叫和夏。"她说着，向我伸出手。

我握住她的手，回答道："我叫海未。"

说起来，我不曾见过夜晚的大海。

幸好那个时候怀着这样的想法下了车。

"哇,很可爱的名字。"

"'和夏'这个名字也很可爱呢。"

一边说着,我们一起往前走着。中途,我回头看了一眼刚才的广场,海面反射着阳光,照得广场一片明亮。一瞬间,我似乎看到在那座广场前出现了一个静静地微笑着的女孩的身影,在下一个瞬间又消失不见了。

『颜色不同的扑克牌』
——宫部美雪

第一次成为嫌疑人时读的故事

这一天，安永宗一忙碌无比。在JR旧御茶水车站附近的发掘现场，一台重型机械因操作失误发生了翻倒事故。宗一一直在忙着处理这件事，直到傍晚五点过后，他才终于看了一眼放在指令车上的私用手机。

大约有二十个未接来电，宗一吃了一惊。全是瞳子打来的，从午后开始，断断续续地一直打到现在。宗一的妻子是个很刚毅的人，除非发生了非常严重的事，否则绝不会在宗一工作时联系他。

宗一慌张地回拨过去，这回却是瞳子迟迟不接电话。

"抱歉，我现在才看手机，我们联系一下吧。"

宗一发送完这条短信，正好有一辆接送大巴要驶出发掘现场，他便先上了车。车上坐满了发掘作业员、操作员、精细清扫员、修复员，他们因工作劳累了一整天，汗臭味充斥着整辆车。宗一感到双眼深处一跳一跳地疼，便用手指揉捏着睛明穴。

放在夏季薄款夹克胸前口袋里的手机传来振动,是瞳子打来的。车快要开到下一个停靠点了,宗一边接通电话,一边按下了下车按钮[①]。

下车的只有他一个人,不过,在车站等车的乘客却已经排起了长队,四周是一张张疲惫焦躁的面孔。

"我下车了,现在方便说话了。发生什么事了?"

宗一边走出人群,一边问道。

"是关于夏穗的事。"

妻子回答的声音莫名很小,到底是怎么了?

明明自己周围很安静,没有什么杂音,但还是只能回道:"有点儿听不清。你现在在哪里?"

"抱歉。现在呢?"

稍微能听清一些了。

"我现在在'镜界人定管理局',就是青山三丁目的一栋大楼里,属于中央派。据说夏穗的高中归这里管辖。"

听到这里,宗一总算明白了,妻子的声音之所以如此细弱,是因为此时的她内心充满恐惧。

---

① 日本的公交车在扶手栏杆上或车座旁设有下车按钮,乘客提前按下该按钮后,公交司机便会在下一站停靠,否则将不停车。

"发生了什么事？"

在瞳子回答这个问题前的片刻，宗一脑海中浮现出独生女夏穗的脸。她目前十七岁七个月，这两年来一次也不曾在家中展露过笑脸，大部分时候要么在发火，要么在生闷气，总是对做着发掘现场监督员这一卑微工作的父亲，以及只知道"吊在父亲身上"生活的母亲，露出轻蔑的神情。

"你们总是一副悠然自得的表情。"

"爸、妈，你们真的明白当今时代有多么糟糕吗？"

"真是缺乏危机感啊。"

她刻薄的话语中满是朝气和活力，还露出了小小的獠牙。

她正值多愁善感的年纪，青春期情绪不稳定，若父母都无法保持从容镇静，情况只会变得更糟。因此作为父母，需得温柔地守护着她。宗一和瞳子都抱着这样的念头一直努力着。

然而，父母也是人，也会因徒劳无功而灰心丧气。瞳子说"就算这样，她也是我们的女儿"，依然继续努力尝试与夏穗互相理解。但宗一已精疲力尽，此后尽量与夏穗错开作息时间，两个人现在岂止是不说话，基本上连面也不见。当初那个每天晚上都要对宗一撒娇说"爸爸，给我读绘本吧"的小女孩，那个看到宗一生疏地表演扑克牌魔术时兴奋地忽闪着双眼的小女孩，在如今的夏穗身上已看不到半点影子了。

"……了吗？"

"什么？"

"那孩子是被拘留在那里了吗？"

瞳子嗫嚅着回答道："前天晚上，在第二镜界的国会议事堂发生了一起恐怖爆炸事件，据说那边的夏穗跟犯罪组织有瓜葛。"

这样说来，他今天早上好像在发掘现场听到有人说起恐怖袭击的事，不，应该是昨天早上吧。因为是那边的世界的新闻，所以宗一不曾放在心上。

"那真是太糟了，不过这跟我们这边的夏穗没关系啊。"

"是啊，但他们说那边的夏穗有可能会逃到这边来。"

据说犯罪组织的基地里遗留着进行"协定外渡界"时所需要的装备、伪造文件和个人信息。

"她打算逃到这边来做什么呢？"

"可能想冒充这边的夏穗。"

因此，人定管理局做好了应对准备，抢先一步对这边的夏穗进行了人身保护，等第二镜界的夏穗一出现，就立即将其逮捕拘留。

"虽然他们口口声声说是把这边的夏穗保护起来了，但我觉得那是拘留。"

瞳子的声音沙哑着，宗一用手按着额头，眼睛深处的疼痛并未缓解。

那件事发生在一个夏天，一个如今年一般闷热的夏天。由于一场意想不到的灾变，世界发生剧变，发生了足以将普通人从日常中拉出来的巨大变化，以及影响平日生活的微小但不稳定的变化。

虽然这是一场全球规模的剧变，但并非世界各国都受到了同等程度的影响，有的国家的根基遭到动摇，而有的国家依然根基稳固。这一差异并非源自灾变所造成的损失的大小之别，而是由于这些国家原本的体制就存在差别。

七年前的八月十日下午一点四十分，位于北海道孤岛上的、世界最大的量子加速器"隆布伦"因不明原因发生爆炸，随后连同当时正在量子加速器内部工作的倒霉的技术人员和研究员一起，从地面上消失了。这就是最初的灾变。

当时，宗一和瞳子正值结婚第十二年，居住在东京都下辖的一片清静的街区里。宗一在一家建筑公司工作，夏穗尚在读小学四年级，一家三口租住在宗一公司租下的一间公寓里。夏穗正放暑假，常去学校的露天泳池游泳，除了眼睛和牙齿以外，皮肤晒得黝黑，看起来很是健康，充满活力。

"隆布伦"第一次发生爆炸是在下午一点四十分三十二秒,四分钟后发生了第二阶段的爆炸。在那之后,爆炸性破坏现象连续发生至第十七阶段。最终,在两小时八分钟后,也就是三点四十九分,爆炸终于停息了。

那一天,宗一因提前休盂兰盆假[①]而待在家中,刚开始感觉到微弱的横向摇晃时,只以为是地震,并未作声。而站在阳台的瞳子简短地说了一句"在摇",便去关掉炉灶上的火。

夏穗刚从游泳班回来,正躺在客厅的沙发上午睡。她留着短发,睡姿一副旁若无人的样子,右眼的眼角还贴着创可贴,好让伤口尽快痊愈。

瞳子从开放式厨房绕出来,走到夏穗身旁。宗一靠到妻女的近旁,很自然地把二人环搂保护着。

这时,"嘎嚓"一声响,让宗一立马回想起初夏时,全家一起去近郊的游乐园乘坐当地历史最悠久的过山车的事。当时,瞳子说:"差点儿要咬到舌头了。"夏穗笑着说:"尾骨好痛。"她那时刚学会"尾骨"这个词,便想赶紧用起来,倒挺好笑的。

宗一全身戒备起来,剧烈的摇晃马上就要来了。

然而新的摇晃并未发生。虽然挂在客厅窗边的热带鱼雕饰仿佛被小孩子用手拨弄了一下似的轻轻地晃动起来,但随后也

---
① 每年八月十三日至十六日为日本盂兰盆节的法定假日。

逐渐止息了。

"嗡——"

他们的耳朵开始出现轻微的耳鸣。宗一看着妻子的脸，妻子凝视着宗一的眼睛，并单手覆上耳朵，摇了摇头，传递"不清楚，这是什么情况"的想法。

在夫妻俩中间的夏穗从午睡中醒来，露出一副与十岁孩子不相称的愁容："这声音好奇怪啊。"

自那以后，一刻不停的耳鸣成为一项具有代表性的镜界性自诉症状，但如今已很少有人为之所困。毕竟在这个世界上，比起耳鸣这种程度的事，人们还须适应更加巨大的变化。

那并非单纯的地震。剧烈摇晃着的、从根基发生动摇的，是我们对于现实本身的认识。

"隆布伦"爆炸事故导致次元出现裂痕，在裂痕的对面，存在着这个世界的平行世界。

由于平行世界如同这个世界映照在镜中一般，与这个世界如出一辙，因此两个世界互相认可对方为自身的"镜界"。虽然两个世界在出现时间上并无先后之分，但为了方便起见，促使人们认识到"镜界"存在，宗一所在的世界被称为"第一镜界"，而平行世界则被称为"第二镜界"。

自那以来，无论是谁都拥有了自己的分身。在第一镜界的人看来，对方是自己在第二镜界的分身；在第二镜界的人看来，对方是自己在第一镜界的分身。由于他们各自的人生道路不同，生存方式也会出现差异，其中一方去世的情况也并不罕见。即便如此，"存在平行世界"这一事实不会动摇。

不过，两个世界的人相见的可能性却十分有限，这是由于夷为平地的"隆布伦"遗址已受国际科学联盟管辖，该区域已被禁止进入，普通市民甚至无法靠近此地。只有在两个世界的国际科学联盟缔结的协定范围内，获得许可的国际团体才能够从这里往来于两个世界，而这样的团体少之又少。

但这些都只是表象。

对两个世界所拥有的市场和资源贪得无厌的资本家，好奇心旺盛的新闻工作者和冒险家，以及无论在什么样的社会状况下都不可或缺的、在黑市对物资和技术进行买卖的幕后交易推手，大量聚集在次元裂痕的两侧。这造成了一个局面——他们利用位于"隆布伦"遗址的十几处空置的"次元洞"进行协定外渡界的事情，已然成为公开的秘密。

两个世界的各国政府和国际团体在充分了解了这一情况的基础上，正式建立了人定管理局等组织以便开展工作。所谓人定管理局，就是辨别某个人原本是属于第一镜界还是第二镜界的机构。

据宗一所知，这边的世界的普通市民如果想在不为外人所知的情况下，从次元洞前往第二镜界，需要背负相当大的经济和社会风险。因此，想要邂逅自己的分身绝非易事。可夏穗却遭遇了这么罕见的意外事件，瞳子会感到害怕也在情理之中。

"我马上过去。你现在一定很害怕吧，再忍耐一下，等我。"

通话结束，温热的雨点滴落在宗一的额头和手机屏幕上。

镜界人定管理局的中央派并非设立在瞳子所说的青山三丁目的大楼里面，而是直接接管了整座大楼，而这座大楼的建筑规模并不算小。也就是说，中央派处于第二镜界的势力范围内，其内部如同大使馆一样，具有治外法权，不受这边的世界的任何影响。

大楼正面出入口处的玻璃自动门的内侧站着多名警卫兵，这清楚地表明了这里拥有治外法权。那些警卫兵并非警备员，而是军人，他们戴着印有深棕色迷彩图案的头盔，身着迷彩服，冷峻的护目镜遮住了大半张脸。

除此以外，他们还手持枪支，是近似于动作片中常见的AK47型自动步枪，但枪身要更短。这边的世界认为军队不必使用实弹，因此禁止了能量枪的使用，而他们使用的正是这种枪。

宗一深吸了一口气，往正面的出入口走去。哨兵的头盔正面、迷彩服的胸口处、枪的吊带等显眼位置都以反白形式印着"THE MIRROR"（"境界"）字样。第二镜界的综合外交联盟似乎对于将这边的世界称为"第一"，而将那边的世界称为"第二"一事怀有不满，因此在所有与这边的世界相关的机构人员制服上，都使用了这一标识——不存在序号的"THE MIRROR"。

不过，并非第二镜界的所有国家态度都如此强硬。第二镜界里的美国与第一镜界的美国几乎拥有相同的历史（除了阿拉斯加州作为国家独立、墨西哥的一半领土成为美国的下辖州这两点以外），第二镜界的俄罗斯还维持着苏联的状态，成为一个多民族的经济大国。在第二镜界，中东并非国际纷争的军火库，而是成立了一个守护和传承着自身独特文化和宗教信仰的联邦国家。

只有一个国家例外——日本。在第二镜界，日本是一个典型的极权主义国家，八十多年来都由一个军事政权凌驾于国民之上。也正是因此，反政府武装组织的活动才十分猖獗，时不时在国会议事堂制造恐怖爆炸事件。

宗一在经过全副武装的警卫兵身边时，朝他们点了点头，以表示"我来这里是因为有事,我是普通市民,并非危险人物"。尽管如此,警卫兵依旧扭身看着宗一,双眼藏在护目镜之后。宗一后背渗出冷汗,自己到底是哪里做得不恰当了呢?

好在,警卫兵动了动肩膀,往旁边退了一步,让开了路。宗一赶忙往里走去,但刚才的心悸一时半会儿难以平缓下来。

自动门内,大厅里聚集着各色人等。有一身西装打扮的男女,身着配色协调的T恤和牛仔裤、脚踩凉鞋的年轻人,挂着拐杖的老人,牵着幼童的年轻妈妈,身穿衬衣和格纹百褶裙、领口系着蝴蝶结、一副校服打扮的女学生团体,人们像充满恐惧的小动物一般聚成几群,无一例外地红着眼,一副哭相。

有这么多人的父母、孩子、配偶、朋友或老师都被人定管理局给逮捕了吗?夏穗也是其中之一吗?宗一双腿有些发软。

"您办什么业务?"

听到背后有人发问,宗一回过头去,只见一副漆黑的护目镜直逼眼前。这不是刚才那个警卫兵,与人到中年、中等身高、中等身材的宗一相比,这个人的体格不论在横向上还是纵向上都要大上一圈。他似乎把浓密的胡须剃了个干净,鼻子下方、嘴唇四周,以及整个下颌线都隐约泛着蓝色。这个人简直就是蓝胡子[①]。

"有、有工作人员联系我们……"宗一一开口,脸上就直冒汗,"说我女儿被保护在这里……"

"请到二号服务台排队。"

蓝胡子说着,从能量枪上松开一只手,突然做出一个在空中横扫的动作。他的手套上配有结实的带扣,整体乍一看像是皮制的,但其实不是,而是由不会被任何化学物质腐蚀,即使放置于零摄氏度的环境下也不会受损,连高温岩浆也无法熔解的特殊纤维所制成的。目前,这种特殊纤维只存在于第二镜界,虽然这边的国际通商联盟多年来积极地进行交涉,但它依然被禁止出口,其原料和制作工艺都不甚明了。

这里在被人定管理局接手之前,原本是一栋普通的办公大楼,当时应该设有问询服务台,大厅里摆放着桌椅,还装饰有赏叶植物和花艺造景。而如今,这些办公用品和装饰物均被撤去,只在一览无遗的四方形楼层的一角设置了三个咨询受理台,分别用廉价的树脂制的隔板间隔开。

三名咨询受理员并排而坐,均为女性。她们把头发盘了起来,梳得像花样滑冰运动员一样一丝不苟,身上穿着卡其色的

[①] 法国诗人夏尔·佩罗创作的童话故事《蓝胡子》(Bluebeard)中的同名角色,该角色连续杀害了自己的妻子们。他本名不明,因胡须的颜色呈蓝色而被人们称作"蓝胡子"。

制服。她们接待咨询的方式迅速又高效，不带任何笑意和亲切感。

三个咨询受理台前分别放着"人定""会面""收押物品交还"的牌子。因此，因担忧被拘留的女儿而跑来的宗一应当前往第二个咨询受理台。宗一虽然理解了这一点，却无法理解眼前这片拥挤混乱的状况究竟是怎么一回事。

等待的人没有椅子可坐，现场也没有用来规整排队秩序的器具，也没有发放排号条，更没有在人群中四处询问"您办什么业务"的工作人员。宗一意识到，自己目前置身的这个场面，像极了一直以来只在电视新闻上看到过的别国的景象——为了逃离政局动荡的祖国，力量渺小的难民们聚集在机场和国境线——他一瞬间义愤填膺，但这怒火又转瞬即灭，只留下不安与焦躁停驻心头，像是怒火熄灭后残留的一缕青烟。

遇到有人插队，宗一便委婉地规劝他们；遇到有人慌里慌张地前来询问情况，宗一便回答"真对不起，我也不太清楚情况，只有排队等着了"；遇到有人累到蹲在地上，宗一便狠下心来，对其视若无睹。等待了一小时十三分钟后，宗一终于听到了二号台咨询受理员的询问声。

"您办什么业务？"

宗一走近后才发现，这位咨询受理员看起来并不像花样滑冰运动员，年纪上更接近于资深教练，说话的声音也十分沙哑。

"今天午后时分，我女儿好像在这里被人身保护起来了，她十七岁，是个高中生，名叫安永夏穗。"

虽然双方分属不同的镜界，但只要来自同一个国家，属于同一个民族，那么双方所使用的语言便是相同的。正因为两个世界高度相似，如同映在镜子里一样，才得名"镜界"。宗一虽然理智上明白这一点，但依然不自觉地像对外国人说话时那样，一字一顿地清楚发音："安、永、夏、穗。"

"穿过里面的入口，去三楼的等候室。拿上这个。"

终于拿到一个类似排号条的东西了，上面写着：127号。

"不好意思，我妻子应该比我先到了……"

"那就优先使用您妻子的排号。下一位。"

她所说的"里面的入口"设置在这栋大楼的电梯间的前面，指的是用于安全检查的栅栏。在宗一看来，这怎么看都是用来关家禽的栅栏。他需要从大厅一侧进入，穿过如同简易迷宫一般的栅栏后，来到位于电梯间的那一侧。通过此处入口的人们需要老老实实的，像马上要被剪毛的羊群，或是马上要被出货的猪群。

安全检查的方式与在机场进行的相同，但这里有武装警卫兵负责戒备，他们将能量枪的枪口举到与穿过栅栏的宗一等人的胸口等高的高度，这一点与预想完全不同。人们动作僵硬地从这里走过，似乎每经过一个人，设置在电梯间前的台式电脑般的机器上就会出现影像或数值，身穿白衣的技术人员片刻不停地监视着屏幕上显示的内容。扫描宗一等人的机器探头究竟是设置在天花板之上还是地板之下呢？只是这样走过是无法发现的，但这里又没有人有勇气停下脚步、仔细搜寻。

武力万岁！宗一在心里反复发出讥讽，嘴上却噤声不语，就这样乘坐电梯上了三楼。他保持着一种仿佛正在散步一般的、偏向明朗的表情，不让不满之意的一鳞半爪浮现在脸上。

"你总是一副悠闲自在的表情。"

为了尽可能地安稳度日，人有时是需要摆出这样的表情的，而夏穗还没能理解这一点。不知道这次的事能否成为让她摆脱泥沼般的叛逆期的契机？在另一个次元里，推崇武力的极权主义者占领了另一个日本，不知此时夏穗面对着他们的残酷无情和蔓延来的火药味，是否会感到害怕呢？

电梯门打开后，宗一感觉到一丝凉气，这里应该开着空调。电梯间正面是房间，里面灯光明亮，这里也设有咨询受理间。这层楼人很少，一眼就能看到并排放置的、树脂制的公共长凳。在最前面一列的长凳上，挂着通往洗手间的指引牌。

"老公。"

瞳子正等候在房间门口，此时朝宗一跑来。她穿着条纹衬衣、斜纹棉布裤和后空凉鞋，很有夏天的气息。

"我还没能见到夏穗呢。"

瞳子一开口，额角的汗和左眼眼角的泪便汇聚成一股，滴落下来。宗一握住妻子的手，一双带着潮气的温暖的手。瞳子的手总是很温暖，隆冬时甚至可以充当暖宝宝。

"如果一个人内心冷漠，那么他的手就是温暖的。因为我很冷血，所以手才暖暖和和的。"

这句玩笑话，瞳子只对相伴了近二十年的丈夫宗一一个人说过。瞳子性格腼腆，行事低调，无论在什么场合，她基本上都选择沉默不语。但宗一比谁都清楚，瞳子的内心和她的手一样温暖无比。

"抱歉，我来晚了。"宗一紧紧搂住妻子的肩膀，小声地说道，"只是单纯地因为人太多了的缘故吧。你看，咨询受理间前面显示着现在正在办理业务的号码。"

令人惊讶的是，那个号码牌需要人工手动翻页，而上面显示着现在正排到 45 号。

"竟然还在使用这种程度的东西，第二镜界的这个国家基本上还处于昭和年代吧？"

虽然宗一有意摆出一副语气轻松的样子,但瞳子依旧紧绷着脸。

"从41号到45号,用了大概两个小时呢。"

她手中握着的排号条是68号,比127号好太多了。

"总之,我们坐着等吧。要不我去买点儿什么喝的吧?"

说完,宗一发现,这里别说贩卖饮料的自动贩卖机了,连冷水饮水机都没有,能满足长时间等候的人们的生理需求的设备似乎只有洗手间。

"我不用。倒是你,一定很累了吧?脸色很差,眼睛也充血了。"

"今天早上在御茶水的发掘现场发生了事故,我一直在处理这件事,所以可能眼睛里进了粉尘。"

"隆布伦"在因大爆炸而从地面上消失后的第二十五小时开始,又逐渐回到了这个世界——第一镜界——这个过程耗时约七十九小时。量子加速器自身、建筑物的屋体、正好位于"隆布伦"内部的人体、这些人身上穿的衣服、他们放在休息处的咖啡机……全都变成了超微小的白色粉尘,确确实实地从空中飘落到地上。虽然由于当时的气候和地理条件的影响,世界各地飘落的粉尘有浓度高低之分,但几乎所有位于北半球的国家和地区都观测到了这一现象。

人们称之为"隆布伦之雪"。实际上,这是如雪一般冰冷又纯白的粉尘。短时间内像骤雨一样降下的白色粉尘所覆盖的东西,无论是有机物还是无机物,都会变成半透明的结晶状矿物。

在第一镜界的日本,有四十九个地方遭受了这样的粉尘灾害。东京都内有十六处,包括位于茅场町的旧东京证券交易所、JR旧御茶水站周边、井之头公园一带、八王子市郊外、秩父连山的东南部等地,降尘规模极大,受灾程度也极为严重。因消失或部分消失而受损的建筑物的总面积远远超过东日本大地震(即3·11日本地震)中受损的建筑物总面积。人员伤亡方面也一样,由于出现了"消失"这一奇异的现象,即使过去了七年,如今依然无法准确统计出死伤人数。

宗一当时所供职的建筑公司没能乘上这突然到来的"镜界时代"浪潮,在爆炸事故发生一年后开始裁员。以此为契机,宗一跳槽到了一个专门发掘降尘受灾地和修复发掘物的半官方半民间团体。在受灾地,优先发掘的是遗体,其次是遗物。即使遗体和遗物都化作了蒙尘的玻璃般的矿物,这份工作也依然需要十分细致谨慎的态度。由于像宗一这样有土木工程相关工作经验的应聘者很少,于是宗一在递交简历的当天就收到了录用通知。

自那以来，宗一一直勤恳工作，应要求奔波于各个受灾地，目前正在进行的旧御茶水站周边的作业是耗时最长的。经过七年，终于完成了遗体的发掘和修复工作（多数情况下，矿物化的遗体会出现破损情况），现在正集中发掘机械类物品，这些物品会成为研究对象，用于寻找逆转矿物化进程的方法，因此需要细心处理。

隆布伦之雪只在那七十九小时内飘落，之后再未出现同样的灾害。然而在发掘现场依然存在大量微尘，这些微尘对人体有害，因此发掘作业员需身着重型防护装备进行作业。为了便于他们行动，另有工作人员会对发掘现场进行规整，必要时还会破坏掉除发掘对象以外的物品，并用重型机械将其搬运至别处。然而，这些工作人员并未获得如发掘作业员一般充分的防护装备。因此，宗一对于自己眼睛充血，以及手指上有轻微冻伤等损伤并未逐一留意。

即便如此，妻子的温柔体贴依然让宗一感到很开心。两人并排坐在有些硬的公共长凳上，一直紧握着对方的手，凝视着宛如昭和时代遗留物品般的号码牌被一张张翻转。

宗一和瞳子都很喜欢小孩，还曾商量过结婚后要生三个孩子，最好是两个男孩、一个女孩。

遗憾的是，这个愿望并未实现。夏穗是独生女，是夫妇二人的掌上明珠。

夏穗是个非常健康的孩子，从未生过什么重病，但相应的，她从幼时起便比身边的男孩们还要活力满满，而且十分不懂事，身上总是伤口不断。说起来，在隆布伦爆炸当天，夏穗之所以右眼角贴着创可贴，是因为她几天前在游泳班和一个爱欺负人的男生打了一架。那个男生跟夏穗同年级，身材魁梧，总是带着两个跟班，专门欺负老实的女生和胆小的男生，恶名昭著。

夏穗的好友在泳池边被那伙男生缠住，眼看着快要被他们脱掉泳衣之时，夏穗上前大声制止。于是那个欺负人的男生抡起泳镜，朝夏穗的脸砸去。泳镜的带子上有针状物，划破了夏穗眼角柔嫩的皮肤。

夏穗捏紧拳头回击，使出全身的力气朝那个男生打去。男生被打翻在地，晕厥过去，那两个跟班被吓得几乎要尿裤子。血滴从夏穗眼角的伤口滚落，在干燥的水泥地上溅得到处都是。

接到班主任的通知，瞳子立马赶去了学校。那个欺负人的男生醒了，正在保健室里抽抽搭搭地哭。至于夏穗，保健老师给她贴上了"战士的标记"——创可贴，她一副气宇轩昂的样子。那个男生的父母一看就不是善茬儿，虽然在后续处理时差点儿跟他们发生争执，但那个男生懊恼地说出了"没砸烂她的眼珠子，真遗憾"，正好证明了他打从一开始就瞄准了夏穗的眼睛，使得形势反而对夏穗有利。

夏穗的眼角从此留下了小小的疤痕，而那个欺负人的男生从此失去了威严，若只是在泳池边晕厥倒还好，糟糕的是他当时还尿裤子了。真爽！宗一在内心深处作此感想。而瞳子则一如既往地不予置评，只一脸笑吟吟的。夏穗在同班同学面前公然宣告道："不管再来几次，我都照样揍他！"这导致她放学后被老师留下来，还被要求写检讨书。

夏穗生来性格坚毅勇敢，十分厌恶欺凌弱者和不公正的行为，并且她足够聪明，深知仅凭干劲和气势去对抗只会招致危险，因此在升入初中后便加入了运动部，开始锻炼身体。她在学校的成绩属于中上水平，但朋友众多，也深得老师信赖，初中生活似乎过得很开心。

面对初升高考试，夏穗的目标院校是"凭我的成绩也能过得有趣的学校"，并且顺利地考上了。这所高中设有信息工程的基础课程，彼时流行音乐社的社团活动也搞得很热烈。夏穗自此开始打小军鼓，学习编程，在有学生优惠的健身房努力锻炼肌肉。

夏穗性格活泼，脑袋灵光，十分好强，极具行动力。宗一和瞳子无数次对夏穗的行为感到惊诧，又只好无奈地报以苦笑，还曾发出这样的感叹：我们怎么会生出这样个性强韧、脑子一根筋的女儿呢？她到底是遗传了我们的哪一部分基因？

从各方面看，宗一都没有这么坚韧，瞳子也没有这么聪明，夏穗实在是青出于蓝而胜于蓝。

即便如此，作为夏穗的父母，宗一和瞳子无论何时都深爱着这个女儿，并引以为傲，这当中不掺杂任何一丝虚情假意。

然而，夏穗在升入初中二年级时，迎来了叛逆期——说是叛逆期，但来得未免太晚了——这个果敢、强大的女儿开始厌恶自己的父母。她并非只是说"我讨厌你们"，而是"爸、妈，你们知道这叫什么吗？这叫懦夫的鸵鸟心态"，还有"为什么要替我道歉啊？为什么不和我一起对那家伙发火呢"。

在夏穗心中，轻蔑和幻灭交织在一起，这无论对夏穗还是对宗一和瞳子而言，都是不幸的开端。

当号码牌翻到60号时，咨询受理间后面的防火门开了，从中走出一个西装打扮的中年男性，他叫了宗一和瞳子的名字。

"久等了。两位是安永夏穗的父母吧？接下来你们可以与女儿会面了。不过，如你们所知，一天当中能渡界的人数有限，因此请两位决定一下由谁前往吧。"

这是在使用国际协定的官方通道情况下，对二十四小时内往来于第一镜界和第二镜界之间的人数设置了上限。

"有限……"

或许是因为疲劳的缘故，瞳子的思考能力立马陷入了停滞状态，明明应该对别的方面感到惊讶才对。

宗一对西装男询问道："接下来可以与女儿会面，是指不用去北极圈，直接从这里就能去往第二镜界吗？"

在这座人定管理局的大楼里，存在着次元洞，或是与之功能相同的"道路"。迄今为止，这项事实都未曾公开于世，这是因为这里也有治外法权吗？

西装男并未回答宗一的提问，他仅仅只是微微睁大了眼睛，目不转睛地盯着宗一和瞳子的脸："比起这个，两位打算怎么办？要去见你们的女儿吗？还是不用见也行？"

"老公，"瞳子疑惑不解，"北极圈？要去那种地方吗？"

"不，没这个必要。"宗一温柔地解释道，"不过，夏穗被保护在第二镜界。"

恐怕夏穗在被保护起来后立马就被移送到了那边，在那边的夏穗来到这边之前，先将这边的夏穗在那边保护起来。

"所以为了跟夏穗会面，我们要去到第二镜界。不过因为有人数限制,所以没办法两个人都去,虽然很遗憾,但这是规定。"

面对宗一顺从的言行,这位西装打扮、胸口别着"人定管理局涉外负责人"身份卡的中年男性缓缓地挑了挑眉毛,仿佛听到了什么不严谨的插科打诨。

咦,他这目光是怎么回事?宗一心想,自己明明没有说什么令人发笑的话。

"夏穗还不能回家吗?"

"这个问题请咨询那边的负责人。"

"有给她食物和水吗?之后我能给她送东西过去吗?"

面对声音颤抖的瞳子,负责人只是冷冷地瞥了她一眼:"这个问题也请和那边商量。我们这边无法回答。"

"明白了。瞳子,我去吧。"

宗一注视着妻子的眼睛,给妻子打气似的点了点头。每当遇上忧心事或问题时,宗一总能这样平复瞳子的情绪,而瞳子也总是说"我知道了,那就拜托你了"。

然而,今天的瞳子像变了一个人。

她咬牙坚持要把宗一推开。

"让我去,因为我是孩子的母亲。"

负责涉外事务的中年男性的眼神变得越发冷漠,仿佛在说：我对你们谁去没兴趣，也没时间等你们争让，更没必要掩饰我的漠然。

"渡界有一定风险，让我去。"宗一赶紧对负责人说道。

"让我去。"

"那么，安永宗一先生，这边请。"

负责人已经开始往回走。宗一双手按住妻子的肩膀，笑着说："我一定会见到夏穗的，说不定为了让我和夏穗能一起回来，我们还得在那边等你来接呢，所以瞳子你就先回——"

"我不回家，我就在这里等。"

宗一话还没说完，瞳子就立刻表示反对，还使劲抓住了宗一的胳膊。

"你们两个一定要回来，你一定要带孩子一起回来，答应我。"

隔着薄夹克的布料，宗一感觉到妻子的指甲嵌进了自己胳膊的肉里，不禁惊愕不已。虽然他能理解瞳子的担心和不安，但瞳子反应如此激烈，这一点儿也不像她。

"是有什么原因吗？"

眼看着就要把这句话问出口，宗一又把它给咽了回去。瞳子会这样，肯定是有原因的。

最近一次认真看着夏穗、好好跟她说话，究竟是多久之前呢？三个月？不，比这更久，甚至连半年都不止。

宗一有意避开女儿，而夏穗也有意避开父亲，两个人通过避免与对方产生交集来保护自己，同时也是出于对夹在两人之间辛苦斡旋的瞳子的体谅。这样的父亲在这样的情况下去跟女儿会面，女儿会感到高兴吗？会感到安心吗？瞳子担忧的正是这个。

"我一定会把她带回来的。"

宗一把手覆上妻子的手，缓缓地将其从自己的胳膊上拿开。

"夏穗也是我的女儿，她比我自己的性命还重要。"宗一说道。

宗一在第一个房间接受随身物品检查。房间里放置着类似X光机的机器，宗一向机器里窥视，机器对宗一的眼部进行了拍照（与做眼底检查的方式一模一样）。之后，他们又穿过了一个酷似金属探测器的拱门，涉外负责人只带路到这里。接下来，宗一将独自一人进入密封室。

密封门传来压缩空气的声音，中间分开朝上下开启，里面是一个充满纯白色荧光的四方形小房间。在房间的另一侧，也有一扇密封门。除此以外，里面没有任何办公用品或机器，这个四方形小房间的天花板、墙壁和地板全都光滑无比，发着白光。

当宗一靠近另一侧的密封门时，门"咻"的一声自动开启了。待宗一穿过这扇门后，门又自动关闭了。眼前又出现一个一模一样的白色小房间，不论宗一穿过了多少个房间，都会来到一个新的相同的房间。刚开始宗一还计着数，但数到超过二十后，他开始觉得害怕，便不再继续往下数了。自己该不会渡界失败了，正在次元之间的通道里兜圈子吧？

现在是否应该呼叫工作人员呢？是要朝着墙壁呼叫吗？还是要朝着天花板呢？房间里的纯白色荧光仿佛要照进眼底，使得宗一对"上"和"下"的空间感变得混乱起来。

"咻——"

宗一突然来到一个新的房间，这个房间的构造跟刚才接受随身物品检查的房间一样。

"是安永宗一先生吗？"

一位青年走上前来，她身穿类似警服的衣装，手上拿着ID卡。

"请把这个别在胸口处。安永夏穗小姐就在这前面。"

已经渡界了吗？宗一突然脑袋一阵眩晕。

"那个，这里是……"

"无法告诉您具体地址,但可以告诉您的是,这里叫作'公安局大楼'。"

公安局?不是人定局啊?

"第、第二镜界,对吧?"

"第一镜界的日本并没有'国家公安保全局'这一组织,不是吗?您现在情绪还算平稳吗?那我们走吧。"

这个身穿制服的警察留着短发,后脖颈处的头发也剃得很干净。她带头走出房间,在错综复杂的通道里迈着笃定的步伐前行着。比起中央派的涉外负责人,她给人一种亲切得多的感觉。

"我女儿应该是由人定局保护着,但为什么她会在公安局呢?"

两人时不时地与其他人擦肩而过,那些人也都穿着类似警服的衣装,其中既有青年,也有老者,他们动作利落地与给宗一带路的警察互相敬礼。

走廊很长,天花板很高,房间数多到令人愕然。公安局是一个规模巨大的组织吗?

"为了确认您女儿确实为第一镜界的安永夏穗,我们需要通过当面指认的方式来对她进行'人定测试'。"警察淡然地答道。

警察迈着轻快的步子开始爬楼梯，而跟在她身后的宗一却立马变得上气不接下气。

"当、当面指认？"

"我们已经逮捕了多名存在实施此次恐怖爆炸事件嫌疑的反政府组织成员，并让夏穗小姐与那些人见了面，通过夏穗小姐的反应来进行判断。"

宗一的步伐变得有些慌乱，警察回头瞥了他一眼，爽朗地笑道："我们只是在她身上佩戴了测谎仪。当然，如果她的记忆遭到了篡改，通过脑电波扫描就能轻松查明。您不用担心，您女儿并不认识反政府组织中的任何人。也就是说，她确实是第一镜界的夏穗。"

终于爬完了楼梯，来到了平坦的走廊上。宗一擦拭了一下额头的汗，由于突然没那么紧张了，他一不小心就笑出了声。脑电波扫描？就算有这么不可思议的技术，到头来还是要依靠传统的当面指认（这个人是你的同伙吗？仔细看看他的脸！），这边的军事政权兜了个圈子后又回到当面指认上来了。

"辛苦您了，路很远吧？我们这栋大楼的缺点就是宽阔得要命。"

转过最后一个拐角，来到一处很短的走廊。走廊两侧各有两扇挂着房间号牌的门：1011、1012、1013、1014。警察敲响

1012室的门，开口道："会面者到了。"

门是木制的，看上去很古旧，门上的窗玻璃还是像舷窗一样的圆形。门把手是玻璃的，这让宗一回想起自己曾经念过的工业高中。

门开了，里面是一个仅四叠半①大小的小房间，房间中央设置着的东西让人想起在牙科就诊时用的椅子和医疗器械。夏穗正坐在椅子上，她身穿金黄色无袖衬衣和棉质裤子，头上戴着接有多根细电线的头盔，两只手的手腕上也缠着带子，上半身被座椅带固定住，脚踏板被略微升起。

椅子旁边站着一名身着白色衣服的女性，她手里拿着记事板和笔，正在与夏穗说话。两个人的表情都很安稳，白衣女性的嘴角甚至还浮现出浅浅的微笑。

"爸——"夏穗看向门口，小声地喊道。

夏穗的头盔上连着的一根电线刚好横穿过她右眼上方，在这只眼睛的眼角处，有一个伤痕——夏穗七年前与那个欺负人的男生战斗后取胜的证据。

有那么0.1秒，宗一失去了意识。自己已经有多久没有被夏穗叫过"爸"了？宗一感觉自己此刻似乎正通过小孔窥视世界，现实在不断缩小，除了夏穗的脸以外，其余的一切都变得漆黑

---

① 约7.29平方米。

一片。

从夏穗还是一个婴儿的时候起，就经常有人说她的五官轮廓像瞳子，眉眼像宗一。最近，瞳子剪了短发，她还说过："我和夏穗真像啊。""是啊，确实非常像。"

"这位是前来会面的安永宗一先生。"警察说道。

白衣女性露出和蔼的微笑："正好，测试已经全部结束了。"

"非常感谢。"夏穗说道。

这是我的孩子的声音，真是个懂礼貌的姑娘。宗一对现实的感知急遽恢复，看清了眼前整个异样的光景。

这里的确是用于当面指认的小房间。固定住夏穗的椅子的正对面，也就是房间的前面，有一扇巨大的玻璃窗。在玻璃窗的另一侧，坐着一个行动受限的嫌疑人，虽然测试已经结束了，但他还留在这里。

恐怕他无法凭借自己的力量站起来吧。他被绑在折叠椅上，脑袋偏向一边，脸色青黑，脸上还有肿块和已经干掉的血迹。如果脸变成这个样子，就算是朋友也未必能分辨得出来是谁吧。

这个嫌疑人是一个年轻人，看上去和给宗一带路的警察年纪相仿。他上半身穿着一件被血和汗浸透的运动背心，下半身穿着一条卡其色的裤子，光着脚，两只脚的脚趾都沾满了血，让人不忍心想象究竟发生了什么才会变成这样。

"啊，不好意思。"

注意到宗一的视线和表情，白衣女性急忙操作手上的机器，玻璃窗另一侧的灯光熄灭了，已经看不见那个年轻人青黑肿胀的脸。即便如此，依然能在黑暗中看见一个轮廓——那个濒死的年轻人的轮廓。

"刚刚接到指令，这里马上要用来给下一个人做测试，因此两位需要移步到警备部的小会议室。"白衣女性对警察说道。

警察把脸凑到白衣女性跟前，快速地低声说了什么。白衣女性杏仁状的双眼一下子睁得老大，两个人都略微一笑。警察的眼睛深处散发出刚才不曾看到的光彩，露出一副看好戏的神情。

"我说，跟这边的完全不一样呢。"白衣女性压着嗓音说道。

警察努力憋笑，尽力掩饰着自己的表情。两个人都斜眼看着宗一，窥视着他的脸。这是什么不愿被外人听到的内部玩笑吗？

怎样都行。问题在于玻璃窗另一侧的那片黑暗，沾满鲜血的脚趾还在那里，只是看不见了而已。

夏穗把脸转向宗一的方向。女儿的脸上几乎没了血色，脸颊上还挂着泪痕。即使并非认识的人，即使不是同伙或朋友，光是目睹这个经历过逮捕和拷问的年轻人，被拖到这里来接受当面指认，十七岁的女儿就不可能做到平心静气。

宗一体内的血液在倒流。

夏穗，我们从这种地方离开吧，回家吧。爸爸会带你回去的，不论面对的是什么，我都会与之战斗，我都会抗争。我会把你带回你妈妈那里。

让这些见鬼去吧！

"请注意脚下。"

白衣女性向正要从椅子上下来的夏穗伸出手。

在她身后，是一台类似可移动式输液台的机器，上面挂着许多根被盘成圈的电线，电线上还夹着夹子。看起来不像是什么可怕的东西。

"输液台"的横杠上有光形成的线在流动，最初只是一个孤零零的光点，随后变成线，逐渐往下流动，现在转了个九十度的弯，变成了一条横线。

夏穗从椅子上下来，整理了一下全身的衣服。白衣女性把记事板展示给警察看，两个人又在说着什么。

光形成的线正在往上流动，宗一已经知道它正在构筑的形状了。

一个大小刚好够一个人蜷身通过的长方形。

这条线发出的光熄灭了，长方形完成了。

"安永先生，我们走——"

在说完"吧"字前，警察觉察到了异样。宗一屏住了呼吸，悬空出现的长方形的光消失了，从长方形里面绽放出别的光。

"砰、砰、砰。"自打出生以来宗一第一次听到了能量枪开枪的声音。三发子弹的其中两发分别击中了警察的右肩和右手手肘，另一发击中了白衣女性的左肩。

能量弹的冲击力巨大，两个人被击到墙边，晕厥过去。与此同时，长方形空间里出现了一双穿着粗糙的安全靴的脚。

宗一觉得十分焦躁，如同潜游在梦中一般。他把呆站着的夏穗抱入怀中，夏穗的脸上和胸口上都溅上了血。

穿着粗糙的安全靴的人抱着能量枪，腾不开手，便使劲儿地晃了下脑袋，把额前碍事的刘海甩了开来。这个人留着黑色齐颈短发，其中还夹杂着挑染的荧光蓝，身上穿着卡其色的夹克和工装裤，夹克相当破旧，领尖和手肘处已经泛白，工装裤上到处都是污点，不知是颜料还是油污。

虽然这个人发型和着装与以往不同，手上拿着能量枪，脚上还穿着安全靴，但这个人就是夏穗，与此同时，宗一怀中抱着的也是夏穗。证据就是，那个女孩看到宗一后目瞪口呆，叫道："开什么玩笑，为什么爸爸会在这里？"

对不起，爸爸。

在我升上初中后，我就决定今后不会再用"爸爸""妈妈"这样的称呼了。可是，那个时候一下子就喊出了口，可能因为我实在是太惊讶了，所以一瞬间仿佛回到了小时候。

对于这边的父亲，我和其他成员一样都叫他"Father（父亲）"。当我偶尔叫他"爸"时，他也会很开心。

我原本是第一镜界的夏穗，但今后，我将作为第二镜界的夏穗生活下去。

我在第二镜界的父亲是反政府组织的骨干，也是组织创始人之一。因为他最为年长，所以成员们都叫他"Father"。第二镜界的母亲也是组织的成员，但她在自杀式爆炸的恐怖袭击中丧生了。两年前，在我们两个夏穗迎来十五岁生日的前一天，她一个人驾驶着装有爆炸物的卡车撞向了国家军队参谋总部。在这件事上，我有一点儿——虽然只有一点儿——同情母亲。她既是"Father"的妻子，也是忠于组织的同志，因此有着无处可逃的立场。我不明白，或许母亲本人是发自内心地、狂热地撞上去的吧。

母亲留下的遗言是"希望女儿夏穗能成为自己的接班人"。这或许也是母亲作为"Father"的妻子，同时也作为诞下了夏穗——继承"Father"之血的孩子——的同志，不得不许下的愿望吧。然而，第二镜界的夏穗生性胆小，根本难担此任。

作为武装分子的父母，为何会生下这样的女儿呢？这只是碰巧运气不好吗？

就如同第一镜界的我——生来就是战士的夏穗，却生在了无欲无求地工作着，像绵羊般老实温顺的父母身边一样吧？

说不定我们是被放错了地方，或许我们应该互相交换一下才对。

爸，您还记得吗？我小时候曾十分痴迷于扑克牌魔术，您买了好多专业魔术师也在使用的"单车牌"扑克牌[1]，练习过无数次后表演给我看。您工作变忙之后，自然而然地就不再表演了，留下的扑克牌多得堆成了小山，我好像和朋友用这些扑克牌玩过抽乌龟和憋七。

那些扑克牌上印制的图案全都一样，只是有好几种颜色。您使用过的扑克牌中，有的有破损，我把它们都剔除了出去，只留下崭新的扑克牌，并以此组成了完整的一套牌。有好几张

---

[1] 美国扑克牌公司旗下品牌之一，因其优良的纸质、精美的制作，成为纸牌魔术师首选的扑克牌品牌。

牌虽然图案一样,但颜色不同,没办法用来正儿八经地玩,有点儿好笑。

第一镜界的我和第二镜界的夏穗不就像那副颜色不同的扑克牌一样吗?我们与自己所出生的世界里的其他人的图案是一样的,而颜色却不同,因此无法与其他人组成一副真正的牌。周围的人也明白这一点,而我们自己比任何人都更清楚这一点,清楚到觉得世事残酷,根本无法加以掩盖。

所以,我打算回到我应当归属的扑克牌之列。

那边的夏穗也觉得应该这么做。

第二镜界的夏穗因母亲丧生而颓丧不堪,"Father"看到她如此不争气,大失所望,放弃了对她的期待,便立刻开始寻找第一镜界的我。

"不管你属于哪个镜界,你都是我的女儿。"

很快,"Father"发现,这边的我才更有资格成为他真正的女儿,也有能力和野心去认真践行母亲的遗言,成为她的接班人。

我在升入高中前的春假[①]期间加入了组织。那时,那边的夏穗也一起过来了。她希望能在和平的世界里成为一个平凡的劳

---

① 日本学校的学年在二月结束,新学年从四月开始,这期间的约两个月为春假。

动者的女儿,而不是反政府组织骨干的女儿。我们因各自的需求达成了一致。

因为我需要一段时间来接受训练,所以直到今年的生日之后,才和那边的夏穗完全交换了身份。虽然您给我准备了生日礼物,但您却没能在我醒着的时候回家呢。

我知道,是我不对,我总是说一些很过分的话,太恶劣了。

因为我觉得,被厌恶、像肿瘤一样被反感,这应该对以后的生活有利。

一旦那边的夏穗代替了我,她一定会成为一个温柔听话的好孩子,一个对父亲尊重以待、和母亲关系亲密的理想女儿。那边的夏穗渴望着这样的人生,而爸妈你们也会觉得"啊,夏穗漫长的叛逆期终于结束了",如此一来,皆大欢喜。

不过,在应对母亲时,我们没能考虑周全,在完全互换之前的尝试期间就在母亲面前暴露了。

母亲之所以对您保密,是因为我们两个夏穗一同苦苦央求她。这不怪母亲,为了让这边的女儿和那边的女儿都如愿地过上自己想要的人生,母亲才保守了秘密,她并没有背叛您。

所以,请不要生气。您可以生我的气,但请一如既往地好好对待母亲,以及第二镜界的夏穗,她真的很胆小、很爱哭。

她右眼角处的伤疤是在我们正式互换之前,让这边的医生给做的。即使她明白，为了彻底成为我，这个伤疤是绝对有必要弄的，但她依然哭得很伤心。

她就是一个普普通通的孩子，不像我这么不正常，我刚出生时就能把输液针给甩掉，完完全全就是"Father"的女儿。

但是啊，爸。

在第二镜界的这个国家，大多数国民的基本人权都无法得到保障，他们惨遭虐待，只有军事政权的高层和一部分特权阶层过着奢靡的生活，这是第一镜界的这个国家曾经可能存在过的另一种形态。

我应该把在第一镜界的这个国家中存在的自由和平等也带到第二镜界。

不论是哪边，都是我的祖国。

所以，我决定要斗争。

我要捏紧拳头，用浑身力气发出猛烈的攻击，直到第二镜界的这个国家有朝一日获得解放为止。

我希望你们将来能为我感到骄傲。

对不起，爸爸。"爸爸"这个称呼真好听啊，一想到我再也没有机会叫出这个称呼了，心里便有些落寞和悲伤。

再见。

作为"Father"忠实的下属，安永夏穗为了带回被逮捕和拘留的同伴，带上便携式次元洞生成装置和能量枪，和其他四名成员一起突袭公安局，并在达成目的后逃走了。

从第一镜界渡界而来，并偶然身处袭击现场的安永宗一及其女儿夏穗，在公安局处理完这一情况后度过了二十四小时观察期，获得了返回第一镜界的许可。反政府组织的夏穗射击出的能量弹擦过宗一的右肩，造成其负伤。

而实际情况是，那边的夏穗让宗一和这边的夏穗趴下。

"为了避免你们被怀疑，我接下来要开好几枪。"说着，她扣下了能量枪的扳机。之所以有一发擦过了宗一的右肩，是因为他为了牢牢记住女儿的背影，支起了身体。

"糟糕，抱歉啊，爸爸！"

这是宗一听到的那边的夏穗说出的最后一句话。

那边的夏穗是"Father"的女儿，而"Father"是企图颠覆军事政权的一号危险分子，公安局时刻追踪着他的位置和行动。

这样一来，不管是顺利完成了交换、被认定为属于第一镜界的夏穗，也就是如今的这边的夏穗，还是作为父母的宗一和瞳子，今后都会以某种形式被紧密监视着。他们无法完全逃离监视，即使这边的宗一是一个不会对任何人造成威胁的角色，即使他顺从到甚至会被在第二镜界的公安局工作的那名警察和白衣女性偷偷揶揄说"完全不一样呢"。

因此,为了一家三口能充分交流这个话题,自夏穗被保护、宗一渡界以来,他们等待了一个月,等待这一社会话题热度减退。他们没有在家里谈论,而是驾着车出门兜风,随性地看着地图,临时决定了目的地。

瞳子选择了位于房总半岛①南端的别墅式度假酒店。

"餐食的评价很好,还有浸浴足部的温泉呢。"

住了一宿后,第二天早上,三人一边在海边散步,一边敞开心扉交代实情,互相道歉,解释缘由,而后互相原谅。

对于第二镜界的夏穗而言,亲生父亲如同恶魔一般令人恐惧。他虽是血肉之亲,心中却持有她无法理解的信念和热情,丝毫不顾及自己的性命,并且还要求她也秉持同样的信念、热情和勇气。

正因为他的志向充满正义,所以才比恶魔还难对付。

像宗一和瞳子这般性格如绵羊一般温驯的普通市民,对于夏穗所遭受的恐惧和绝望,几乎只能做到以物理性痛苦的方式去理解。

"我想逃离'Father',想从有'Father'存在的人生中逃

---

① 位于日本本州岛东南端的半岛。

出来。"

因此，原本属于第二镜界的夏穗为了实现身份交换，行动十分小心谨慎。在制订了具体的计划之后，夏穗预想到之后会陷入需要以当面指认的形式接受人定测试的困境，于是她极力避免接触"Father"的任何下属，避免了解任何关于反政府组织行动计划的信息。

尽管做到了如此地步，但对于那边的夏穗在突袭公安局时所使用的便携式次元洞生成器的构造，她却十分了解，因为她曾多次使用。

"那个生成器的动力来源，是隆布伦之雪。"

量子加速器在失控、爆炸后，迎来了悲惨的末路——化为有害的纯白粉尘。有人利用纯白粉尘开发出了便携式次元洞生成器，在由第一镜界的地下交易市场向第二镜界的反政府势力贩卖的物品中，它是最受欢迎的商品。

"所以，从用它生成的次元洞里钻出来时，身体会变得异常冰冷，甚至还会冻伤。"

"我想也是。毕竟我是发掘现场的专家，我很清楚这一点。"

宗一向夏穗展示自己手指甲上留下的淡淡伤痕，夏穗伸出手，覆上宗一受伤的手，继而瞳子也覆上自己的手，静静无言地微笑着。

"当身份交换暴露时，妈妈紧紧拥抱了我——拥抱的不是原本的夏穗，而是我。"已成为这边的夏穗、而原本是那边的夏穗说道。

夏穗忘不了，那时的那双手像太阳一样温暖。

"我能体会。"宗一说道。

夏穗与自己原本所在的世界并不协调，是一张颜色不同的扑克牌，最终选择去到与自己颜色相同的扑克牌中。

爱并没有消失。夏穗知道，虽然未曾说出口，但宗一在等着自己，瞳子也在等着自己。

不知那一天有多遥远，或许在两个夏穗在世期间都无法实现那个愿景，但那一刻总会到来。

当前往那边的夏穗和伙伴们一起打倒了第二镜界的军事政权，成功夺取自由和平等的那一天，便是宗一和瞳子能够堂堂正正地与那边的夏穗重聚，把两个夏穗都唤作女儿的那一天。

直到那一天到来之前，宗一和瞳子都会怀揣着这一秘密，低调地、平凡地、顺从地继续过着小市民生活，尽管这样的生活曾被女儿——一个无所畏惧的理想主义者——在离开之前嘲笑说"毫无危机感"。

"如果依照那边的法律，你和我大概都犯下了叛国罪呢。"

瞳子言简意赅地说道。

"依照这边的法律，也违反了《镜界协定基本法》。"

"夫妻两人都是罪犯呢。"

"还没有被判决有罪，所以只是嫌疑人。"

"啊，不好意思。"

看着妻子安稳的笑容，宗一突然陷入了沉思。

"夏穗"这个名字是夫妻两人共同起的。在产科医院附近有一片广阔的稻田，青色的稻穗像波浪一般，在夏日的阳光下闪闪发光。两人常常在此看入了迷，便希望女儿能成长为如此美丽、内心丰盈的孩子。

不过，宗一还有另一个想法。他问了一下瞳子的意见，瞳子说，若将其作为名字，会太过华丽，所以不太看好那个名字，宗一便立马打消了这一想法。

或许对于这边的夏穗而言，这个名字才更符合她。名字能够彰显出一个人的本质，会成为以之为名的人的人生指针。

确实如瞳子所说，这是一个十分华丽的词语，而且是一个任谁都知道的词语。不过，在人们真正需要它时，为了抓住它，人们将不得不克服众多困难。

这个名字是"希望"。

第一次告白时读的故事

『光之种子』

——森绘都

为了挽回那些本无法挽回的事。

我就此踏上了旅程。

去往令人头晕目眩的彼方的旅程。

为了让他能够再次第一次感受到我的思慕。

为了让我能够再次第一次感受到对他的思慕。

"樋口，救救我。"

那天夜晚，心中有什么东西满溢开来。晚饭后，我原本正在自己的房间里"咯吱咯吱"地嚼着柿种①，突然间变得坐立难安，便给从小学起就认识的好友打电话。

"我还是很喜欢椎太。"

樋口的反应淡淡的。

---

① 一种小煎饼零食，因形状与柿子的种子相似而得名"柿种"，通常与花生一起装袋贩卖。

"我知道啊。耳朵早就听出茧……"

"就算听出茧子了，也再听我说一遍吧。我现在陷入了困境，我可能没办法再忍耐了。"

"忍耐什么？"

"告白。"

"啊——"

樋口"啊"了五秒钟后，冷淡地开口了。

"我料到了会变成这样，不过是时间问题罢了。"

"别说得这么事不关己嘛。"

"本来就不关我的事。"

我一瞬间很想挂电话，但又对自己说"对方可是樋口"，便抑制住了这个念头。

"那么，在沉着镇静又冷酷的你看来，我究竟该怎么做才好？告诉我吧。"

"不管怎么做，你都无法忍住去告白的吧？"

"嗯。"

"那就去告白吧，去对同一个人进行第四次告白。"

"扎心了。"

第四次，这个令人困扰的数字刺痛了我。

"虽然你说得简单，"我压低了声音，"但要不要告白第四次，就算是我，也会好好考虑一下的。目前为止已经被他拒绝了三次了，如果我还去告白第四次，那么我和他有顺利发展下去的可能吗？我会让椎太觉得厌烦，被他绕着走吗？我不想变成那样。樋口，你怎么看？"

"以椎太的为人，他不会绕着你走的。"

"我不是问这个，我是想问你觉得我和他有没有顺利发展的可能？"

樋口沉默了。

真诚实。

"好了，快说吧！竟然顾虑起我的感受来了，这可不像你。目前为止已经告白了三次的人，如果再告白一次，结局皆大欢喜的可能性有多大？"

"那我就直说了，难度可能近似于在沙漠中找到有四片叶子的三叶草。"

太诚实了。

我挂了电话。

在沙漠中找到有四片叶子的三叶草，这可能性无限接近于零。想到这一点，我鼻子一酸，为了阻止眼泪倾泻而出，我赶紧跳进了被窝，却忽略了酸楚的鼻子，鼻涕浸湿了枕套。

我都清楚的。这一切全怪我自己没办法轻易放弃。

即使被拒绝，又被拒绝，再被拒绝，我也无法斩断对椎太的思慕。最初察觉到自己对椎太的感情，要回溯到十年前，也就是我还在上小学一年级的时候。那时的我尚不知道"恋爱"这个词，就十分轻率地对椎太告白了，并且被轻易地拒绝了。在那之后，我始终无法忘怀初恋之情，在小学六年级时再次战败。在初中二年级时又一次失恋后，我心想，怎么也不会有下一次了。

我永远都无法成为椎太的女朋友，我只能接受这个现实。如果继续这样下去，我会因为太过喜欢椎太，而开始讨厌自己——一直对椎太执着不放的自己；目光一直只追逐着椎太，只在乎椎太的看法的自己；对椎太以外的人和事都毫不关注，不曾在自己的世界里花心思的自己。

我对这样的自己感到十分厌烦，在初恋的小船第三次被击沉后，我决定以此为契机，让自己脱胎换骨。我对樋口宣布要开展"脱离椎太运动"。在下定这一巨大的决心后，为了将多余的热情转向其他事情，我加入了女子排球部。不管是在教室里，还是在社交平台上，我都积极地结交新朋友，给被椎太填满的世界重新涂上新的色彩。我还制定了"目光追随椎太一次，就罚款十日元"的规定，还因此偷偷存出了一笔零用钱。

然而，唯有跟椎太报考不同的高中这一件事，我无论如何都做不到。

"听说坂下你跟我读的是同一所高中,请多指教!"

椎太露出爽朗的笑容(这让人很难想象他曾经拒绝过我三次)对我说出这话时,我在心里发誓,高中三年期间,无论如何也要死守"多年老友"的位置,不能让这个与攻心利器别无二致的笑容蒙上阴霾。只要不奢求过多,我就能一直待在"女性朋友"这一安全地带。

幸好高一、高二时,我和椎太被分在不同的班级,交集很少,我因此不曾产生情感上的波动。偶尔在走廊上与他擦肩而过,也只是互相打一声招呼,仅此而已。这样就好,这样很平和,然而……

"叮咚。"内线电话突然响了,我一下子从濡湿的枕头上抬起头来。

几秒钟后,隔着门传来妈妈的声音。

"由舞,樋口来了。"

樋口穿着藏蓝色卫衣和牛仔裤,一身毫无魅力的打扮,轻车熟路地闯入我的房间,"咚"的一声在书桌前的椅子上坐下,眼里闪着极具洞察力的光。

"你的房间还是老样子,一点儿魅力都没有,该说是粉色的东西太少，还是带荷叶边的东西太少呢……啊，漫画书又变多了。哇！竟然还在，那张海报，在墙上贴《航海王》海报的女高中生真的很少见啊。"

"不要在我的英雄身上挑毛病。"

我坐在床沿上，狠狠瞪了樋口一眼。

"你手机的待机画面该不会也是……"

"是路飞啊，不行吗？"

"从某种意义上来说，很厉害。"

"话说回来，你来干吗？"

樋口擅自吃起我的柿种来，听到我的疑问，黑框眼镜底下的眼睛终于看向了我。

"我想着直接当面问你和椎太之间到底发生了什么事，这样比较快。"

"发生了什么事……"

"不可能什么事也没发生。直到最近，你都还说着好多诸如'女性朋友的地位是最好的''即使他和女朋友分手了，和女性朋友的关系也会持续到永远'之类的大彻大悟的话。也不知道你到底是出于优越感，还是单纯的嘴硬。可你却突然又要告白了，是有什么事情点燃了你对他的眷恋吧？"

樋口猜得实在是太准了，我一时愣住了，然后摇摇晃晃地走近樋口，拿起装有柿种的密封袋，再次回到床沿。

"樋口，仅仅一两分钟的聊天，就能让三年来的禁欲生活化为泡影，会有这样的事吧？

"你和椎太聊了一两分钟啊。"

"你总算有好好听我讲话了！"

我的自制力已经到极限了。我很想向人倾诉这些，心里一直憋得慌，便以一种波涛汹涌之势的语速飞快地讲述起那天发生的事来。高中的朋友都不知道我的过去，虽然很遗憾，但没有人比樋口更适合听我说这些了。

"事情发生在五天前，契机是我被男子排球部的一个叫大西的人缠上了……"

我回想起那天放学后——我急急忙忙赶去女子排球部进行训练，刚踏出教室，便被等在门口的大西逮住，他提出了一个无理的要求。不管我怎么回绝，他都不肯作罢。

"拜托了，坂下。就是这样。"

"不行。"

"这是我毕生的请求。"

"说不行就是不行。"

这样毫无成果的交涉不知重复了多少遍。

"真的放过我吧，你去问问其他人吧。"

"我已经挨个儿问过一遍了，全军覆没，你是最后的希望。"

"我更不愿意了。"

"求求你了。"

没完没了。在我几乎一筹莫展的时候，旁边传来一声"哟"。我转过头去，发现椎太站在那里。

"啊……"

他出现得太过突然，以至于我当下只回了一句"啊"。

椎太就在我眼前。他平时离我那么远，此刻却离我这么近。仅仅如此，我对世界本身的距离感知似乎都要变得混乱了。

不过，椎太是在对着大西说话。

"我有话要对坂下说，方便吗？"

这种事竟然会发生在幻想世界之外，太不真实了。椎太对我招了招手，我抛下目瞪口呆的大西，踩着绵软的步子跟着椎太走去。

放学后的校园内扬起了尘埃，从窗户望出去，夕阳照射出的光仿佛一片缭绕的雾霭。活力十足的学生们来来往往，椎太一言不发地往前走着，来往的同学们的身形都逐渐淡去，唯有椎太的后背变得越来越清楚和深邃。

走到走廊尽头后，椎太的脚步转向楼下。在下到一楼后，他停下了。

"都走到这里了，应该可以了吧。"

"什么？"

"啊，其实我没什么话要跟你说，只是看到你被缠上了，好像很困扰的样子。"

他帮了我。他没有话要说。这两件事在我的大脑中复杂地纠缠在一起，我既无法尽情地高兴，也无法尽情地失望。椎太又长高了一些，我抬头望着他发呆。他的笑容依旧不带一丝阴霾。

"是啊是啊，我被缠上了，正头疼着呢。谢了。"

我大声地说着，音量超出必要程度，我终于恢复了"多年老友"的面孔。

"刚才那家伙是男子排球部的，说是要新成立沙滩排球部，在到处劝说女子排球部的成员加入。"

"咦，明明这里没有大海，却要打沙滩排球？"

"他绝对是冲着比基尼才这样的。说是夏天要去湘南①集训，居心太明显了。"

"确实是很危险的提议呢。"

---
① 日本神奈川县的一个地区，位于三浦半岛西岸。

虽然椎太是以开玩笑的口吻说出这句话的,但他随即就收起了笑容。下一秒——

"别掉以轻心啊。"

椎太低埋着头,长长的刘海遮住了他的眼睛,他小声地说出了这句话。他的声音有些沙哑和低沉,像是来自一个陌生的大人。

随后,椎太有些害羞似的说了句"再见",便离开了。

唯有那句话的余音萦绕耳畔,让我的耳朵发烫。

"别掉以轻心啊——"

"嗯……好像不太一样。椎太的话,声音要更浑厚一点儿?别掉以轻心啊……不,可能还要再低半个音阶,我没办法很好地再现他那句话。自那以后,这五天里,他的声音一直在我脑海里回荡,挥之不去。当我回过神来时,发现自己一个劲儿地在想椎太的事……"

"所以你的眷恋之火才被彻底点燃,一下子进入了告白模式。"在我正要说出"别告诉大家"时,樋口说道。

"就是这样。我该怎么办,樋口?"

"不管怎么办,照这样下去,你是刹不住车的,只能告白了吧?"

"啊?!第四次告白?樋口,你还清醒吗?"

"不清醒的是明明被拒绝了三次却依然燃起了熊熊爱火的你自己吧。只有再被拒绝一次，才能让你的脑子冷静下来。到目前为止，你也是凭着气势猛冲，撞了墙之后才泄气的吧？"

"那倒是……"

我的声音一下子变得有气无力。即使一直看着海报上笑着的路飞，我也无法获得进行第四次告白所需要的力量。

我将身子后仰，再次躺倒在床上。

"我说，樋口，虽然很难为情，但我这次真的很害怕。既担心告白又担心被拒绝，这是目前为止最让我害怕的一次。现在回想起来，我第一次告白实在太轻率了，第二次和第三次的心情也比现在要轻松得多。真的，我这样一回想，甚至对曾经的自己很生气。想对那时的自己说：'都怪你们太轻率，如今的我才会陷入这样的困境。'樋口，你在听吗？"

"在听，不过没听懂。你继续，直到我听懂为止。"

"因为对同一个人告白，告白次数越多，对方的感受就会越淡薄吧？第二次之后的告白带来的冲击力一定会比第一次弱，被告白的一方也不会再心动了，该说是习惯了还是有既视感？可能类似于'啊，这部漫画，我以前读过'的感觉，毫无惊喜，这确实无法让人怦然心动呢，不能让人怦然心动的告白当然不可能成功。樋口，你在听吗？"

"我差不多听懂了你想说什么。你要是想继续发牢骚的话，请便。"

"反过来说，对告白的一方而言，告白的次数越多，就连自己都会越来越觉得自己的思慕之情太沉重了，太令人疲惫了。如今我已经十六岁了，就算是我，也能明白这个道理了，会想着'不想再受伤了''如果这次再被拒绝了，或许就没办法再继续做朋友了'，无论如何都会变得胆怯的。还有，我最近会沉痛地思考，为什么身为小学一年级的小屁孩，当时还要做告白这种事呢？明明小学一年级时的椎太也只是个挂着鼻涕的小鬼啊！那个时候的我还不知道什么是喜欢，什么是讨厌啊，为什么会对那种小鬼献上宝贵的第一次告白呢？要是当初珍重地对待就好了。你应该不知道，椎太在升上高中后变得稍微会打扮了一些，看起来对自己的发型也很上心，有一种终于觉醒了的感觉。如果要告白的话，就应该选择现在这个时候，而不是小学一年级、六年级或者初中二年级。真是太失败了。啊，可以的话真想消除掉那一切，把目前为止的告白全部、彻彻底底地收回，然后恢复我原本的轻松状态，向现在的椎太……向那个会对我说"别掉以轻心啊"的高中二年级的椎太进行第一次告白。让椎太也回归最初的状态，无论告白能否成功，至少也要让他因我的告白心动一回！"

我尽情地发完了牢骚，痛快地抬起身。

"开玩笑的。没有时间机器之类的东西，就肯定做不到。哈哈哈……"

我把倾吐而出的心里话当作玩笑，干笑着。

不过，樋口并未露出丝毫笑意，只是静静地看着我。

"我知道有一个人能帮你进行时间旅行。"

樋口隔着多层关系认识一个人——一个因突发事故而失去亲人的女性（姑且称其为 A）。关于她去世的亲人（姑且称其为 X）的身份，众说纷纭，有人说是她伯伯，也有人说是她母亲，还有人说是她久经世故的哥哥。不管怎样，A 和 X 在事故发生的前一天大吵了一架，而 A 因悔恨而痛苦不堪。

A 和 X 互相谩骂，憎恶对方，又原谅彼此后不久，X 就离开了人世。A 把自己关在家里，恸哭不止，昼不思饮食，夜不能安眠。

想回到过去重新来过，想抹消掉那天的争吵——A 陷入了无尽的悔恨深渊中。有一天，一位亲人（关于这位亲人的身份也众说纷纭，有人说是爱管闲事的婶婶，也有人说是信奉宗教的妹妹）因担心 A，告诉了她一件从隔着好几层关系的熟人那里听说到的不可思议的事：有一位特殊能力者能帮人进行时间旅行。

凭着这一缕希望，A找到了特殊能力者的住处，并成功地通过时间旅行将自己与X在其死亡前一天的争吵化为一张白纸。在平复好自己的内心之后，A再次朝着明天迈出了新的一步……

听完这个冗长（且结局很粗糙）的都市传说两周后的星期日，我和樋口一起来到了那位特殊能力者居住的公寓前。

从山手线的车站出来，走上三分钟便到了这栋高层公寓。公寓正门装着一整面玻璃，从这里能看到广阔的庭院。栽种的庭木反射着阳光，翠绿的树叶显得十分耀眼，无数蝴蝶与鸟雀在其中嬉闹，营造出一片都市绿洲般的风致。

"真的是这里吗？特殊能力者会住在这种像上层名流才会住的地方？"

对于我的怀疑，樋口一边查看手机上的备忘录，一边笃定地说道："没错，就是这里。我可是费了好大一番工夫，才从隔着好几层关系的熟人那里追寻打听到的。先电话联系了母亲的朋友，然后联系了那位朋友的表妹，接着又联系了那位表妹的男朋友，再接着联系了那位男朋友公司的前辈……"

走在通向正门玄关的石板路上，樋口继续讲着自己漫长而辛苦的经历。确实，对于不善交际的樋口而言，想必这是一件难度颇高的活计。

正因为如此，我才心生疑问。

"不过，你为什么要为我做到这种地步呢？"

"什么为什么？"

"你不是不擅长打电话吗？那你为什么要为了我做这些事呢？"

"那是因为，"樋口不假思索地答道，"只有我才能亲眼见证到最后。"

"见证……见证什么？"

"见证我从小学就开始观察的、你那愚蠢的恋爱，究竟会迎来什么样的结局。如果因为你害怕进行第四次告白，事情就这样迎来大结局，这样一点儿也不吸引人。"

"不吸引人……你在说什么？"

"小说。如果能顺利写出来，我打算向新人奖投稿。"

"是因为这个啊。"

我的疑问消除了。樋口立志成为一名作家，还秉持着"比起自己谈恋爱，观察别人的恋爱才更有意思"的观点。为了实现作家梦，樋口平日里总是在磨炼自己的观察力。为了把时间旅行作为素材写进小说里，她确实会愿意奋力奔走。

"不过，你确定要写我这可怜兮兮的单恋故事吗？写一写千年一遇的美女和帅哥双向奔赴的故事不是更好吗？"

"谁会想读千年一遇的美女和帅哥双向奔赴的故事啊？"

正说着，我们走到了玄关前，樋口在智能锁上输入密码。门开了，我们走进大厅，大厅的天花板相当高，如同教堂一样。

"太好了，正好十一点。"

走进电梯里，樋口确认了一下手表显示的时间，松了一口气。据说在进行电话预约时，对方叮嘱说"之后的预约日程安排得很满，请一定要严格遵守预约时间"。

这位特殊能力者好像很繁忙。从电话里的声音判断，对方似乎是女性，但她究竟是一位什么样的人呢？是不是脸上蒙着黑纱，鹰爪似的手滴溜溜地转动着水晶球？昏暗的房间里是不是摆放着蜡烛、十字架和骷髅头，它们正散发出不祥的气息？

我并非不好奇，但也并没有感到多么激动或紧张，毕竟我打心眼儿里就不相信有什么时间旅行。

因为这根本就不可能。我不过是因为樋口非常拼命地为我联系到了这个人，事已至此，已经没有退路了，仅此而已。我心想着，要是出现的是一个很危险的人，我们立马就回去。

来吧，开启一场冒险，等待对方耍出可疑的花招。

怀着这样的觉悟和预判，在听到"初次见面，请进"的声音后，我和樋口走进了1207室。那位女性身材娇小，看不出年龄，她的外表实在过于普通，我反而起了疑心。

她身穿朴素但质量上乘的灰色西装套装，留着一头中长微鬈发，化着毫无压迫感的淡妆，戴着一条在胸口处坠有一粒珍珠的项链。哪里都没有泄露出可疑的气息。

过于普通的并非只是她的外表，与接待室相连通的里屋的陈设也简约至极，房间以米色为基调，整洁利落，唯有一张四人桌孤零零地放在那里。没有一处多余的装饰，更别说骷髅头了，唯一给这个仿佛无机质的房间增色的，是靠墙的书架上摆放着的书的书脊。

"是不是觉得跟预想的不一样，很正经，感觉有些失望？"

面对我毫不隐藏的表情，这位神秘的女性朝我笑了笑。

"如果是做不正经的生意，至少要把房间布置得正经一些，否则不会有人靠近这里——这是干令人生疑的行业的铁律。"

"这样啊。"我有些讶异。

"再次自我介绍一下，"她向我递出名片，"我叫守谷莳枝。"

名片上，在她的名字上方，印着"M&M Time Travel Agency 所长"。确实，每个细节做得都很正经。

"不过,虽说是所长,员工也只有我一个人。"

"这样啊。"我只能做出这样的回答。

"那个,初次见面。"这时,我身旁的樋口往前站了一步,"我叫樋口一花。"

"啊,是这次的委托人吧。"

"是的。抱歉突然拜托您奇怪的事,听说这样的委托尚无前例,我很过意不去。不过这都是为了帮助我这位陷入迷途的朋友,请您一定帮帮忙。"

樋口用手肘戳了戳我,我也赶紧鞠躬行礼。

"我叫坂下由舞。拜托您了。"

"是吗,你就是那个对同一个人告白了三次的……"

莳枝小姐用充满怜悯的眼神上下打量了我一番,目光最终停在我左手提着的旅行包上。

"行李很多呢。"

"啊,是的,里面装了运动服,因为下午有社团活动。"

"进行完时间旅行之后去参加社团活动?现在的高中生可真忙啊,不过我的日程安排也很满。那么,让我们鼓足劲儿,麻利地完成它吧。"

如她所言,莳枝小姐让我们并排坐在桌前,麻利地上了茶,又麻利地进入了正题。

"首先，我确认一下，此次时间旅行的目的是收回过去的三次告白，没错吧？关于辅助进行时间旅行，希望能够约定一些事项……"

"在那之前，不好意思，"我插嘴道，"能先告诉我费用情况吗？"

"费用？"

"进行时间旅行的费用，因为我没那么多钱。"

看到我如此直率，莳枝小姐露出了为难的表情。

"嗯……说实话，没有那么严格的规定。要根据时间旅行的距离长短等各种因素进行综合判断才能计算出具体金额，问题主要在于我花费的劳动力的多少。"

"没有一个价格区间吗？"

"没有呢，毕竟又不是去一趟箱根[①]之类的。"

"不过，不必担心，"对于警惕心满满的我，莳枝小姐说道，"虽然我会向有钱人收取高额费用，但并不会向没钱的人硬要多少钱，毕竟我要是奉行不近人情的商业主义，我进行时间旅行的能力也会变迟钝的。看起来你没什么钱，那就打个学生折扣，给你一个优惠价吧，一千二百日元，怎么样？"

"啊，可以吗？"

---

① 位于日本神奈川县西南部。

这个骗子的贪欲好小啊，我顿时对她刮目相看。

"太感谢了，帮大忙了，我这个月真的很缺钱……"

我一边说着，一边把旅行包放在膝盖上，伸手寻找放在里面的钱包。我心想，趁着对方还没改变主意，赶紧先付钱。

"这是一千二百日元，感谢您。啊……如果您不介意的话，这袋柿种也一起给您。"

"柿种？"莳枝小姐看到我从包里拿出的密封袋，疑惑不解。

"她超爱吃柿种。"一旁的樋口向她解释道。

"倒不是因为没有柿种会感到不安，而是有了柿种就会感到很安心。"

"是吗，比起甜食，你更喜欢吃这类咸口的零食啊。既然你都这么说了，那我就收下吧，正好我也有点儿饿了。"

莳枝小姐把密封袋里的柿种倒进盘子里，我们便"咯吱咯吱"地吃起来。我们一边吃着，一边终于开始了正式的商谈。

"首先，希望你能明白一点，在进行时间旅行的过程中，对于会扭曲世界未来走向的言行，一定要慎重。当你回到过去后，你不能让自己的行为改变全人类所共同拥有的现在。你能够改变的，只能是你自身的一部分过去，也就是收回告白。"

"啊，这我知道，要是在过去随意行事，会影响到现在的现实，可能会导致自己的母亲变成与自己毫不相干的人。"

"是的，就是这样。这是进行时间旅行时的普遍规则，请一定要遵守。还有一个是我提出的特别规则，你在进行时间旅行时，不可以告诉过去的自己有关未来的信息。比如你之后会被拒绝几次，最好直到上高中为止都不要告白，等等，这些都不能提前告诉过去的自己，不能给予过去的自己多余的关照。"

"不过，我记得大雄对过去的自己给予过关照……"我想起了那部有名的电影。

"那是哆啦A梦太惯着大雄了。"莳枝小姐严厉地表示否决。

"如果知道了本不可能知道的未来，绝不会有什么好结果，这是基于我自身的经验制定的规则。前路未卜，这是全人类所共同拥有的不安之处。一旦看见了未来的走向，人类一定会变得懈怠。毕竟，面向已经知道得一清二楚的未来生活着，这实在是太没意思了。"

"是这样吗？"

"就是这样。所以你不能去说服或警告过去的自己，而是要考虑一下用别的什么方法避免自己向他告白。"

"别的方法，是指什么呢？"

"请自己思考。"

"呃。"

"我继续往下说。这一点也是必须遵守的规则,绝不可动摇。禁止通过时间旅行来赚钱,千万不要引导过去的自己提前购买 GAFA[①] 的股票。我会监控你在时间旅行过程中的一言一行,一旦你有任何不当行为,我会立刻中止时间旅行。然后……"

这也不行,那也不行,莳枝小姐絮絮叨叨地逐条列举,樋口用手机拼命记录着,我则一个人默不作声地不停往嘴里塞着柿种。莳枝小姐越是说着那些似乎很正当合理的话,我伸向盘子的手就越是停不下来。

柿种,能让我内心平静下来的东西。我此刻如此渴望柿种,这意味着——

"不好意思,可以打断一下吗?"

直到刚才为止维持的内心平静正在不断消失,当我意识到这件事的那一瞬间,便焦急地开口了。

"听着您说的这番话,我渐渐地有一种奇怪的感觉……就像是我要进行一场真正的时间旅行一样。"

莳枝小姐的动作停止了,柿种从她僵在半空中的指间掉

---

① 四大互联网巨头的缩写,即谷歌(Google)、苹果(Apple)、脸书(Facebook)和亚马逊(Amazon)。

落,"咔"的一声砸在木制地板上,掉落的偏偏还是尤其能让我平静下来的花生。

"你该不会以为是说着玩的吧?"

她满脸惊愕,我也一脸愕然地看着她。

"该不会是真的?"

两个"该不会"碰撞在一起。

似乎要浇灭这碰撞的火花一般,樋口缓缓地开口了。

"能听我说一句吗?我原本打算不管是真是假,都做好一个公正的见证者的角色,可如果所谓的时间旅行确确实实是真的,那么有一点让人很难理解。"

"是什么?"

"在这个房间里,哪儿有时间机器呢?"

樋口说完这番话后,这个毫无风趣的空荡荡的客厅里的气氛一下子变得紧张起来。

"这里是会客室,实施室在旁边。而且我需要声明一下,所谓的时间机器,不过是类似于无法靠自身能力瘦下来的人所依赖的减肥机器一样的东西。"

"减肥机器?"

"无法靠自身能力穿越时空的科学家们,在不得已之下创造出了时间机器这一工具。"

莳枝小姐的嘴角浮现出无畏的笑容，看到她笑容的那一瞬间，我凭直觉确信了她所说的话。

时间旅行是真的。

她所说的是真的。

客厅旁边的实施室里一片昏暗。窗户被窗帘遮得严严实实的，房间里并未开灯，唯一的光亮来自门上的小窗透进来的走廊灯光，隐隐约约照出了房间中央某个物体的影子。

低矮、窄长、四方形——那不过是一张床。

"我都说了，不需要什么特殊的装置。"

莳枝小姐把手搭在我的肩上。

"你只需要躺在这张床上，然后拉着我的手，专心地回想你希望回到的过去。仅此而已。"

"光这样就能回到过去吗？"

"是的。准确地说，是潜入你自身的记忆中去。"

"'潜入'……要怎么做？"

"试一下就知道了。"

听她说得这么若无其事，我一下子紧张得喘不过气来。

在那张床上躺下，回忆想要回到的过去。仅凭这样就能穿越到过去？

"要放弃吗？有很多客人一到关键时刻就退缩了，毕竟去见过去的自己可是一场很大的冒险呢。"看到我一直站在门口，莳枝小姐说道，"现在放弃的话还能够退款。而且你直到刚才都认为我是骗子，所以你是不是还没做好心理准备？"

我往前迈出了一步，算是做出了回答。为了抵御恐惧和迷茫，我尽可能动作利落地朝床的方向迈了一大步。

"麻烦您了！"

我掀起毯子钻进去，毯子和床单将我夹在中间。天花板一片漆黑，这份压迫感让房间显得更加昏暗。

脚步声逼近，应该是莳枝小姐。

"你真的决定好了吗？"

"是的。我并不讨厌冒险，而且如果真的能回到过去、收回告白，那就再好不过了。"

"即使收回了过去的告白，下一次告白也不一定能顺利哦。"

"我明白。不过成功率多多少少会提高一些吧，比起这个，不收回至今为止的告白的话，我能成为椎太女朋友的可能性就会继续像现在这样，如同在沙漠里找到有四片叶子的三叶草一样微乎其微，几乎可以说只有奇迹降临才有可能实现。

"而且，"我立起身来，坐得端端正正，继续说道，"我回顾了一下目前为止的自己，我觉得自己越告白就越陷入困境，我对椎太有一种执念。我可能不想就这样放弃，也可能是想收回目前为止失恋的根源……我说不清楚，我总觉得自己有时可能太固执了，越被拒绝就变得越莽撞，变得眼里只有椎太。我被椎太束缚着，自己的世界变得越来越小……我对这样的自己感到十分厌烦，我已经弄不清自己到底是真的喜欢椎太，还是仅仅因为固执而一直追逐着他。"

枕边有什么在沙沙作响。

我隐隐约约看到床边有一个人影，正朝我伸出手来。

"所以我想通过撤销之前的告白来回归最初的状态，跟过于沉重的过去两清，再一次用如同初次告白一样的心态去面对椎太。"

有一只手覆上我的手背，是莳枝小姐的手。她的手冰冰凉凉的，让人觉得很是惬意。

"我知道了。我会协助你顺利地穿越回过去，取回那些应该取回的东西。"

我捏紧了拳头，点了点头。

"由舞，加油！"从莳枝小姐对面传来樋口的声音。

"那么，让我们开始时间旅行吧。为了让你能够适应时间旅行，我们先去离得最近的时间点，这样对你身体造成的负担最小。首先去第三次告白的时间点,也就是三年前的六月。闭上眼睛回想那个时候,尽可能生动一些,仿佛你要回到那时的自己身上去一样。"

在莳枝小姐的引导下,我踏上了时间之旅。

我回想起三年前的初夏,那是我的第三次告白。

初二的椎太。初二的我。如今想来,那时的我们都还十分年少。

那时的我年少懵懂,尚且无所畏惧地用目光追逐着椎太。即使经过了两次失恋,我依然一门心思地喜欢着椎太——那个跟多年前一样,用无忧无虑的笑脸待人的椎太。初一时,我和椎太不在一个班;初二时,我和椎太再次成为同班同学,那时我觉得自己把一整年的好运都用掉了。

然而,我的好运在继续。

筹备六月的运动会时,椎太作为初二 C 班跑得最快的男生,而我作为跑得第二快的女生,一起被选为了男女混合接力项目的参赛选手。

从同年级的 A 班到 D 班,每个班级分别派出四个人进行接力比赛,这一项目是整场运动会中众人关注的焦点。升入初中之后，学生们不再在乎是红队赢还是白队赢①，而是想要在与其他班级的比赛中获胜，而好胜心强的椎太更是燃起了熊熊斗志。

"无论如何都要赢！"

在运动会开幕前，放学后，和同班的参赛选手一起在操场上练习接力时，椎太比其他任何人都要干劲十足。他不满足于仅仅练习交接棒，而是要无数次全速跑完全程，其间又摔倒了无数次。

"那家伙又摔倒了。"

"他在干吗啊？"

看到椎太接二连三地摔倒，大家开始吃惊起来。我比以往任何时候都更加目不转睛地看着椎太重复着奔跑、跌倒、再奔跑、再跌倒的过程，察觉到了一件事。

"椎太。"

椎太正在校园内的冷水房清洗膝盖上的血。我走近他，想告诉他我的发现。

"转弯时要减速才行，如果维持全速往前冲，换谁都会摔倒的。"

---

① 日本学校的运动会中，学生被分成红、白两队，每队由各个年级的学生混合组成。每支队伍在各个比赛项目中获得得分，最终累计得分更高的队伍获得整场运动会的胜利。

面对我这番理所当然的建议，椎太一反往常，用严厉的眼神看着我。

"我不！"

"啊？"

"我不会减速的，我要全速突破那个弯道，我想让大家看看我能以全速转弯！"

"为什么？"

"因为我已经决定好了，这次我不只要在接力比赛中取胜，还要在与离心力的较量中取胜，我要取得完完全全的胜利。我已经下定决心了，等着瞧吧！"

笨蛋，我冷静地心想。不过，他这副笨蛋的样子十分可爱，让我不再想着要跟他认真地讲道理了。

到头来，椎太在那之后也一直努力地与离心力做斗争，并以战败的局面结束了练习。最后，面对难以掩饰不安神情的C班接力成员们，他淡定自若地宣告道："没问题的，正式比赛时一定会顺利做到的。"

练习时一次都没顺利做到过的事，是不可能在正式比赛时顺利做到的。此时，我使劲儿地诅咒着椎太喜欢的那些漫画主人公们，他们无根无据地仅凭意志力就能一遍遍地突破困境，导致椎太过于相信人在危机中能爆发出前所未有的潜力。

怎么办？照这样下去，C班会因为椎太的失误而输掉比赛。

离运动会开幕的日子越近，我就越是忐忑不安。

C班的接力队伍强手云集，因此只要椎太正正经经地跑完全程，我们应该就能轻松获胜。跑第一棒的朝香是田径部的王牌选手，曾在地区大赛上获得过冠军，她毫无疑问能以绝对领先的优势进行交接棒；跑第二棒的阿锅的速度几乎可以匹敌椎太，因此他能在保持领先局面的情况下向我递出接力棒；只要我能守住领先优势，跑最后一棒的椎太就能第一个接过接力棒。

想必初二C班的所有同学都会热血沸腾吧，谁也不愿错过这个年级跑得最快的人，同时也是足球部的希望之星的风采。所有人都确信C班的获胜已是板上钉钉，他们都将在比赛时欢欣雀跃，加油声也一定会响彻云霄吧。

然而，胜利的瞬间不会到来。一个名为"离心力"的终极敌人挡在了椎太面前。

如果发生了意料之外的败北，大家的期望就可能被辜负。要是那些沮丧转变为对椎太的怒气怎么办？要是椎太被大家责怪了怎么办？被大家讨厌了怎么办？怎么办？怎么办……我终日忧愁烦闷，最后终于在某一天，脑海里蹦出了能解决这一困境的妙计，也是唯一能避免最糟糕的情况发生的方法。

运动会当天，我实施了这个计划。

"无论怎样都要赢得胜利！"

在男女混合接力比赛上，观众席上传来的加油声让场面急剧白热化。迎接决赛之际，在接力成员各就各位之前，椎太向着其他成员高高扬起了拳头，一副气势汹汹的样子。我叫住了椎太，决定告诉他我的决心。

"椎太，我也决定了。"

"嗯？"

"我也要和离心力做斗争，你看好了。"

椎太张了张嘴，似乎想说些什么。与椎太分开几分钟后，接力比赛终于拉开了帷幕。

和预想一样，朝香从起跑时就与其他选手拉开了距离，而阿锅也以绝对优势保持着第一名的位置跑到我跟前。我接过接力棒后，内心十分平静。言出必行，接下来是我与离心力的较量，也是我与自己的战斗。一旦开始在跑道上飞速奔跑起来，想到要全速冲过弯道，我便害怕得不得了，双腿也本能地开始发麻。我只能靠勇气去超越本能。勇气、勇气、勇气，我给自己鼓气，非但没有减速，反而进一步加速奔跑，挑战离心力。于是，我摔倒了——不，应该说是飞起来了。

一瞬间，身体变轻了。紧接着，一阵撞击袭来，依次撞在膝盖、手肘、脸等身体各个部位上。与此同时，我跌落在了地面上，如同尸体一般一动不动，十分不堪。后方的选手们一个接一个地超过了我，待他们的脚步声远去后，我终于支起了身体，透过他们扬起的灰尘，我看见椎太一脸愕然地站着。

双腿一跳一跳地抽着疼，我鞭策自己站起来，再次迈开腿跑起来，因为我无论如何都想把接力棒递给椎太。

"坚持到最后！"

"加油！"

在大家为惨兮兮的我送来的鼓励下，我好不容易才把接力棒递给了椎太。那一刻，椎太的呐喊声响彻了整片夏季的湛蓝天空。

"我来替你报仇！"

十秒钟后，椎太也飞起来了。

完了。

我不想看到椎太不甘的表情，也没脸见 C 班的其他选手。我看到椎太像醉汉一样步履蹒跚地跑过终点线，又看到樋口跑来我身边，似乎很担心我，而我只说了一句"我去保健室睡一会儿"，便快速离开了运动会的会场。我感到全身从头到脚都虚脱了。在保健室请保健老师为我处理流血的伤口时，我总觉得操场上的喧嚣声离我十分遥远。

"老师，我有点儿头晕，让我睡一个小时吧。"

"是贫血吗？好，你好好休息。"

在保健室的床上躺下后，我莫名地松了一口气，很快就困了。说起来，昨晚一个劲儿地在脑海中模拟与离心力的对决，因此没能睡饱。

一眨眼的工夫，我便陷入了沉睡。

当我醒来时，椎太正站在床边。

我起初以为是梦，是我经常会做的梦。不过作为梦而言，这也太真实了，还能闻到汗水与尘土混杂的气味。该不会……

"椎太？"

我意识到这是真的椎太，吓得从床上跳了起来。

"你怎么在这里？"

椎太嘴角上扬，举起一只手，手肘处和我一样包着纱布。

"同款。"

"啊。"

"比赛项目已经全部结束了，我是来给伤口消毒的，而且听樋口说你在这里。"

我本以为椎太会很懊恼不甘，没想到他的语气听起来却十分轻松畅快。

"你摔得那么浮夸，没事吧？"

"啊……嗯，只是擦破皮了，没事的。你摔得也很有架势呢。"

"是啊，我们俩都完美地摔倒了。不过，也算是一场精彩的较量呢。"

"是吗？"

"虽然我没能替你报仇，但我倾尽了全力，所以心里也舒坦了。离心力这家伙，果然很厉害，虽说是敌人，但也很值得敬佩，对吧？"

"嗯。不过班上的其他同学没生气吗？"

"完全没有，他们说'看到了两次超难得的精彩画面'，很乐呵呢。"

心里顿时轻松了，我舒了一口气。

"真好呢。"

"我如果说'很开心'的话可能有点儿不太好，但看到你马力全开地冲过弯道时，该怎么说呢……"

椎太挠着头，久久地寻找着合适的词汇，最终露出"找到了"的表情。

"让我很感动。"

"咦……"

"竟然还有比我更笨的家伙，我真的很感动。谢谢你，坂下。"

虽然我不太明白令他感动的点，但他最后那句"谢谢你"是出自真心，我因此很受触动。我和椎太的同款纱布顿时成了宝贵的勋章，这让我几乎要流下泪来。椎太让我很感动，椎太夸奖了我，椎太对我说了"谢谢你"。

"那我去参加闭幕式了。"

在椎太走出保健室后，我内心的震颤不仅没有平息，"震级"反而一升再升。

"是这里吧，第三次告白的时间点。"

"什么？"

脑海里突然钻进了一个声音。是莳枝小姐。

"我说过的吧，我会实时监控整个过程。"

"啊，是这样啊。"

"在这之后，你就对椎太同学告白了吗？"

"是的，没错。紧接着，我就跑出去追椎太，在鞋柜那里追上了他，对他告白了，说的是'我还是很喜欢你，我能做你的女朋友吗'。"

"椎太同学怎么说？"

"他目瞪口呆了好一会儿，然后一下子变得慌里慌张的，说什么'谢谢，不过我还不太明白这种事''我现在一门心思都扑在社团活动上'之类的，讲话弯弯绕绕的，最后逃也似的走掉了。"

"他可能确实还不太明白这种事吧。"

"太早了，我不该在那个时候告白的。"

"既然如此，那就去收回吧。"

像是一下子被扔进来一样，我潜入了三年前的那个时候。

静悄悄的走廊。墙上的宣传画，透着夕阳橙色霞光的窗户。窗外传来的进行曲。

这是初中的教学楼，是那一天的一楼。其他人都还在操场上，因此教学楼里不见人影，四下鸦雀无声。不——

我四下张望，唯有一个快要消失在楼梯口的小小人影映入我眼中。

那人留着刘海，走路的背影轻快敏捷。是椎太，我不可能看错。

我的视线停留在了挂着"保健室"牌子的房间门上。过去的我此刻无疑还在里面，正沉浸在绵长的感动之中。而这份感动变得越发剧烈，过去的我很快就会无法保持平静，心里想着："我还是喜欢椎太，我要把这份情感告诉椎太。要告白的话就要趁现在，没错，就现在！"

"嘎吱"一声，保健室的门开了。

糟了。我急忙躲到女厕所门后面。怎么办？要怎么做才能阻止那一天的我？

没有时间订立作战计划，而那个我却正在一步步逼近，不顾一切地往前猛冲，像极了漫画中的场景。那个我忘记了膝盖的疼痛，眼里完全只有椎太。

眼看着面前的人影变得越来越大，我条件反射般地做出了行动。那个穿着运动服的我阴森之气直逼人心，在她经过女厕所的那一瞬间，我赶紧跳起身，迅速地伸出了右脚。

那个我被这只脚绊倒，在空中飞舞起来。

"砰——"

猛烈的撞击声。

"好痛！"

悲鸣响彻四周。

似乎是再次摔到了相同的地方，那个我倒在地上，双手抱着膝盖，无法起身，只是颤抖着。

对不起啊，不过你就算告白了也是会被拒绝的。我在心中默默念叨着，擦了擦额头的汗。

任务结束。

"那么，让我们暂时先回来一下。"

苛枝小姐的声音响起的下一个瞬间，我便回到了"现在"。

昏暗，寂静。我正躺在实施室的床上。

"辛苦了。虽然做法多少有些粗暴，不过的确是成功了。"

"恭喜，由舞！苛枝小姐把大致情况都实时解说给我听了。"

虽然从床两侧传来了祝福，但我像环游了世界一周似的，十分倦怠，因此无法直率地为此庆贺。那个我在走廊上挣扎扭动的身影一直在我脑海中挥之不去。

不过，这样也好。就算因膝盖的剧痛而一时半会儿疼昏了过去，作为补偿，那个我能够从心痛中获得解脱，也不会因为莫名其妙地受到"椎太一门心思都扑在社团活动上"这件事的影响而加入女子排球部，积极地扩大自己的世界，诸如此类，不用经受种种不必要的辛苦。这全都归功于我跨越遥远的时间回到了过去。

"咦？"

我在真切地进行自我劝导时，想到了一件事。

"我不记得自己有在初二时见到过未来的我，也没有被谁的脚绊倒的记忆。"

如果自那以后的现实被不曾告白的版本所覆盖，那么我一定会有关于那次惨烈摔倒的记忆才对。

我的大脑一下子变得十分混乱。

"你的记忆的更新部分暂且由我保管。"蓟枝小姐用平静的声音回答道,"三年份的记忆的更新数据非常庞大,包含了很多无用信息。如果一口气全部注入你的大脑,大脑会立刻撑不住的,很难再继续进行后面两次时间旅行。我之后会斟酌选择必要的部分来更新你的记忆,所以现在先只考虑接下来的时间旅行吧。"

"啊……好。"

是啊,还剩两次告白需要回收。如果每完成一次时间旅行就更新一遍记忆,大脑确实会难以承受。

我做了一下深呼吸,转换了一下大脑的状态。

"我要开始第二次时间旅行了。"

"你能够继续吗?刚才消耗了很多体力吧?毕竟穿越时空可是一项重体力活儿。"

"我还有一些体力,没问题的,我要靠这个势头继续进行。"

"也是,毕竟你下午还有社团活动。"

嗯?如果我没有进行第三次告白的话,我是不是就不会加入女子排球部了……

虽然脑海中又冒出了一个疑问,但我还没来得及仔细思考,莳枝小姐的手就再次包裹住了我的手。

"那么,再集中一下精神,回想第二次告白。"

或许是因为我掌握了诀窍,这次比第一次更顺畅地回到了过去的那一天。

我回想起五年前的春天,那是我的第二次告白。

小学六年级的椎太。小学六年级的我。那个年纪的孩子普遍开始在异性面前装腔作势,但我和椎太依然天真无邪。

小学三、四年级时,我和椎太被分在不同的班级。即使升上五、六年级后成为同班同学,我也并非随时都紧紧注视着椎太。我一边呵护着小学一年级时萌生出的那份淡淡的爱恋之情,一边时而将目光投向其他男生,时而仰慕体育老师,时而对樋口说自己计划将来要和偶像结婚,还要生一对双胞胎。

这样想来,那时的"喜欢"不过是放了韭葱和干笋的酱油味拉面,余味清淡。这样的"喜欢"里,没有让人欲罢不能的浓汤,没有油腻的叉烧肉,也没有能提供饱腹感的煮鸡蛋。

我漂浮在这清澈的面汤上,于我而言,小学一年级的失恋已是遥远的过去,是早已痊愈的挠痕。正因如此,我才能在升上五年级,再次与椎太成为同班同学后,十分轻松又快活地想着"接下来的两年应该会很快乐"。

然而,当新学期真正开始后,我发现在五年级一班的日子并不像我当初想象的那样快乐。班主任仿佛是一个崇尚"分数至上主义"的智能机器人,以至于班里的许多同学因开始上补习班或兴趣班而变得十分忙碌,班里没有爱照顾人的领导型角色……各种因素相互作用,使得五年级一班与"和睦"一词背道而驰。那段日子里,每个人都活在自己的小圈子中,只与同圈子的成员来往,吝于与其他人进行不必要的交流。

有一个名叫中村的男生,遭到了所有圈子的冷落。

中村同学极其老实,不会主动跟人讲话,也没有人向他搭话,他总是一个人孤零零地待着。他成绩很好,身材很瘦小,一副不会对任何人造成威胁或伤害的样子。班里的同学虽然并不欺凌他,但总是冷漠地无视他的存在,仿佛他在或不在都无所谓。除了椎太。

"中村,作业写了吗?"

"中村,这周的《少年Jump》看了吗?"

"中村,你头发睡翘了。"

在毫无生机的五年级一班里,椎太是唯一有富余活力的人。或许他一旦看到有人没精打采的样子,就无法坐视不管。椎太每天都会主动向中村同学搭话,努力把中村同学从孤身一人的沼泽中拽出来。即使遭到其他男生的冷眼，即使作为当事人的中村同学并未给出什么明显的反应，椎太依旧毫不气馁地一直"中村、中村"地喊着。这并非出于同情或正义感，恐怕是类似于与生俱来的想要保护弱者的本能反应一类的东西。

与此同时，椎太也在与五年级一班冷淡的气氛对抗着——姑且不论椎太自己是否意识到了自身行为的本质。

"椎太，你好厉害啊，不会随波逐流。"

某一天，当我发自肺腑地做出如此感叹时，椎太却露出了奇怪的表情。

"随波逐流，是去哪里？"

"去哪里……我不是在说这个。"

"那是在说什么？"

"是在说不会随波逐流。"

"所以是不会流去哪里，你倒是说得明白点儿啊！"

虽然当时的我跟少年椎太经常难以对话，但椎太能做到容易随波逐流的我所做不到的事，这让我再次被他吸引，名为"喜欢"的面汤开始多多少少混杂着一些复杂的风味，"咕嘟咕嘟"地熬煮着。

另一方面，椎太的努力也成了徒劳，中村同学渐渐地开始频繁请假。随着季节变迁，中村同学缺席的次数越来越多，没有他的教室已成了一片理所当然的景象。最终，在我们维持原班学生人员构成，升上六年级的那个春天，"机器人"班主任向大家宣布："中村同学今后改为在自主学校①上课了。"

教室里响起一片微小的惊讶声，我立马转头看向坐在窗边的椎太。

中村同学退学了吗？他为什么不来了？他到底去了哪里的自主学校？椎太应该会对"机器人"班主任接连不断地提问。

然而，椎太并没有这么做。他像是要隔绝教室里的喧嚣一般，敛住所有情绪，面无表情地望着窗外。

这一整天，椎太明显话变少了，笑容中明显透着无力感，吃饭速度明显变慢了（也没有再添饭）。我实在是放心不下，便在放学后尾随椎太。我猜想，他可能会去见中村同学。

然而与我的猜想相反，椎太去的并不是中村同学家的方向，也不是自己家的方向，他只是漫不经心地沿着河边溜达，又漫无目的地穿过商店街。他在街上游荡着，一看就知道是不想直接回家。椎太一直目视前方，不曾发现我隔着一段距离跟着他。

椎太一个劲儿地往前走着，终于在走进郊外一座寺庙的院

---

① 日本的自主学校并非公立机构，而是由个人、社会团体或非营利组织运营的支援性机构，主要接纳拒绝在普通学校上学的小学至高中的学生，以及有自闭症、多动症等学习障碍的学生。

175

落后停了下来。他并未许愿,而是直接走过正殿,走过后面的主房,走到深处庭院的池塘前停下了脚步。

池塘足足有半个排球场那么大。椎太站在池塘的路缘石前,久久地盯着池水,像机器没电了似的一动不动。

他在做什么呢?

傍晚的天空下,椎太的身影长久地伫立于此,仿若佑护这一片池塘的地藏菩萨。我躲在暗处一直看着椎太,到最后实在是看腻烦了。

于是,我装作偶然路过的样子,向椎太打招呼。

"咦——椎太?不是吧?太巧了,你在这里做什么呢?"

一眼就能看穿的小把戏。不过椎太丝毫没怀疑我说的话,而是转过身来回答我的问题。

"有鲤鱼。"

"这样啊。"

鲤鱼又不罕见,我心想。我站到椎太身旁,跟他一起往池塘里看去,结果发现鲤鱼的数量比想象的多。浑浊不清的黄绿色池水中,红鲤鱼和白鲤鱼都充满光泽感,它们在池水中游动着,鱼鳞一闪一闪地反射着阳光。

"真的耶,有好多。我经常新年时来这里烧头香,可完全没注意到有鲤鱼。"我对格外安静的椎太说道。

"鲤鱼旗[①]呢？"椎太小声地回应道。

"什么？"

"你有注意到鲤鱼旗吗？"

"烧头香的时候吗？"

"不是，就今天。"

这根本形不成对话。我梳理了一下逻辑，再次开口。

"那个，你是问我今天有没有在这座寺庙里看到鲤鱼旗，是吗？"

"对，在住持的房屋玄关前挂着的。"

"没有，我没注意到。"

我只一个劲儿地看着你的后背——这我可说不出口。

"有鲤鱼旗的，而且很大。我看到鲤鱼旗之后，又走到这里来，发现这里有真正的鲤鱼，吓了一跳。然后我就开始思考……"

椎太的声音有些阴郁，话说到一半变得吞吞吐吐起来，这不像他。

[①] 由纸或布做成的空心鲤鱼。每年的五月五日是日本的男孩节，家中有男孩的家庭会把鲤鱼旗串在竹竿上，并挂在屋顶上。由上自下分别悬挂黑色、红色、青蓝色的鲤鱼旗，其中黑色代表父亲，红色代表母亲，青蓝色代表男孩，且青蓝鲤鱼旗的数量代表家中男孩的人数。这一习俗意在祝愿家中的男孩能像鲤鱼一样健康成长、朝气蓬勃、奋发有为。

"思考什么？"

"如果真正的鲤鱼看见了鲤鱼旗，会做何感想呢？"

"真正的鲤鱼……看到鲤鱼旗？"

"我一把自己代入鲤鱼，不知怎的心情就变得沉重起来。"

椎太用运动鞋的鞋尖轻轻踢着池边的路缘石，露出阴郁的表情，继续说着。

"因为那些鲤鱼旗把原本的鲤鱼变得柔软又膨胀，被丝线系住，被拴在竿子上，在空中飘飘荡荡，这对于鲤鱼来说简直就是噩梦。要是把人类也做成鲤鱼旗，你看了会觉得害怕吗？"

我在脑海中描绘了一番椎太所说的人类版鲤鱼旗的样子，便使劲儿地点了点头。

"嗯，确实很恐怖呢。"

"对吧？而且还是把爸爸、妈妈和孩子们，也就是全家人一起做成观赏品，人类真过分啊。我一代入鲤鱼的感受，就会开始生人类社会的气。什么'鲤鱼旗，高高飘，飘过屋顶上'[①]啊，别让它们飘到屋顶那么高啊。"

椎太站在鲤鱼的角度，发自内心地对人类社会感到气愤，踢路缘石的力度也逐渐变大。像是在回应椎太一般，一条红鲤鱼跃出水面，向空中溅出细小的水珠。

---

① 出自日本童谣《鲤鱼旗》，作词者为近藤宫子，作曲者不详。

"不过鲤鱼是不是也像人类一样，有着各种各样的想法？"

风开始转凉。我吹着凉风，望着水面的涟漪，忽然脱口而出。

"或许其中有的鲤鱼比起在小池塘里生活，更想在天空中飞翔呢。"

"天空？"

"嗯。比起做一条在池塘里游泳的鲤鱼，有的鲤鱼更想成为在天空中翱翔的鲤鱼。这样的鲤鱼如果看到了鲤鱼旗，说不定会出乎意料地觉得激动不已呢，会觉得那是一条实现了梦想的鲤鱼。"

"这不可能吧。"我一说完就觉得很难为情，但偶然看向身旁，椎太踢着路缘石的脚停下了。

"这样啊。"

"咦？"

"原来如此，这样想就行。"

椎太用力地点点头，他脸上刚才还存在着的阴郁一下子消失了。

"是啊，反正都要代入的话，不如代入积极的鲤鱼。嗯，我决定采用你的想法，我之后也要这样去想。实现了梦想的鲤鱼……也就是说，鲤鱼旗是鲤鱼们的自由女神！"

从噩梦变成了自由女神，这转换如此迅速，让我目瞪口呆。"嗯！嗯！"身旁的椎太满脸欣然笑意，不住地点着头。

这个男生切换想法的速度很快，一秒钟后就到了另一个地方，而我总是被落在原地。正因为如此，他对我来说才那么耀眼。

"或许中村也从窄小的世界里飞出去了，变得自由了吧。"

听到椎太口中突然蹦出这个名字，我一下子清醒过来。

中村同学，没错。椎太之所以愁眉不展，除了鲤鱼之外，还有其他原因。

"中村同学的事，你觉得这样就行吗？"

我屏住呼吸，窥视着椎太的表情。他的瞳孔一瞬间僵住了。

"嗯，虽然有点儿不甘心，有点儿落寞，不过如果中村自己觉得这样更好的话，那就行。"

"真的？"

"嗯。虽然我不清楚自主学校是什么样的，但既然有'自主'两个字，那么应该很自由吧。如果中村能变得比之前更自由、更轻松的话，那样会更好，可以不用再勉强自己去本不想去的学校了。"

"是吗……嗯，可能是这样。"

椎太是一边思考着这件事，一边走过那段漫长的路的吗？一想到这里，我胸口就憋得慌。

"是啊，又不是所有人都必须去上公立学校。"我故意提高了嗓门。

"没错，没错。人生道路有许多条，这挺好。"

"嗯。一直待在学校，好像就会觉得学校就是全部。"

"学校不过是一片池塘罢了，中村是出发去往大海了。那家伙，没想到竟是个冒险家呢。"

我和椎太不可思议地意气相投，虽然我们在"世界如此辽阔"这一话题上相谈甚欢，但我却在不同于此话题的另一个维度上感动得快要落泪——我和椎太进行了连贯的对话！

我和椎太说的话衔接上了，齿轮对上了，心与心连上了——是的，我单方面感知到的协调感使我欣喜得几乎要飘扬在屋顶之上，正用力地将我拉向一个方向。我的思慕之情现在应该能顺利地传达给椎太，要告白的话就要趁现在对话接上的时候，寺庙的神明也会为我加油吧。没错，就是现在！

"是这里吧，第二次告白的时间点。"

"是的，正好就是这里。当时的我像发作了一样，想告白得不得了，就说出来了。说的是'我现在还是很喜欢你，如果可以的话，希望你能和我交往'。"

"椎太同学什么反应？"

"他一下子变得满脸通红，很是慌张，说什么'不清楚跟女生交往具体要怎么办'，我向他解释说'是要去约会之类的'，可他拼命摇头，说'办不到，办不到。现在比起约会，我觉得看漫画更开心'……然后他开始用非常惊人的势头向我介绍起他推荐的漫画来。"

"推荐的漫画？"

"尾田荣一郎的《航海王》。现在已经成了我案头常备的书。"

"你在被拒绝之后老老实实读了呢。"

"因为他真的很拼命地在向我推荐。我想着毕竟是他那么喜欢的漫画……我读完第一卷之后就停不下来了，最后成了忠实粉丝。"

"男女交往对于那时的椎太同学来说还为时尚早，对于那时的你而言也有些早吧？"

"是的。我现在明白了，对话能接上和恋爱能成功，这是完全不同的两个问题。"

"那就去收回这次告白吧。"

于是，我潜入了那一天。

城郊的寺庙。栽有大型松树的庭院。映照着晚霞红光的池塘。

池水中倒映着两个人的身影，是椎太和那个我的。此时椎太正在就世界的辽阔情绪激昂地发表演讲。那个我告白在即，我已经没时间犹豫了。

我轻轻地向那两人身后走去。椎太正沉浸在自己的演讲中，并未注意到我；而那个我的心思都在椎太身上，也未注意到我。

那个我只直直地注视着椎太一个人，一门心思地寻找告白的时机，屏住呼吸，等待椎太的演讲告一段落的那个瞬间。

终于，椎太的声音停下了。

刹那间，那个我深吸了一口气。

"那个，我现在还是很喜……"

我怎么会让你说出来！

我立马冲过去，使出浑身的力气撞向那个我的后背。

咚！

那个我的身体向前倒去。

扑通！

掉进池塘了。

任务结束。

睁开眼睛，我看到莳枝小姐和樋口正站在床的左右两侧，一脸愕然地俯视着我。

"虽然我确实有这种预感，但你竟然真的干得出来。"

"五年前的由舞好可怜啊。"

仿佛进行了一场宇宙之旅一般，我的身体积攒了太多疲惫，以至于这两人的眼神让此刻的我有些吃不消。

我狠心地说道："没事的，那片池塘没那么深。"

"怎么这样，只要想到那是过去的自己……"

虽然樋口皱起了眉，但我正是因为想到这是为了过去的自己好，才不得不采用了强硬手段。当然，五年前的我大概会痛恨那个妨碍自己告白的神出鬼没的恶人吧。不过，如果那个我得知了真相，一定会感谢现在的我。如果五年前的我知道自己的第二次告白将消散在"办不到"这一句话中，自己将受到"我比不过漫画"这一事实的重创，最后在听椎太没完没了地讲《航海王》时心中生出徒劳之感——嗯？如果没有那次告白，我还会遇到路飞他们吗？

"莳枝小姐，"我精疲力尽地轻声说道，"尽快让我去收回剩下的告白吧，我想在自己开始思考各种乱七八糟的事之前，把这一切都搞定。"

趁我的决心还没有动摇，趁不可名状的不安还没有吞噬我，趁我还有回到过去的力气。

"不用休息一下吗？你现在应该相当疲惫了吧。"

"如果只是再来一回的话，应该没问题。毕竟我平时有通过社团活动锻炼身体。"

不——我会不会到头来压根儿就没加入社团？

啊，讨厌，脑子里一片混乱。

"莳枝小姐，请尽快！"

我喘着气说着，向莳枝小姐伸出手。

"拜托您了！"

"我知道了。"

莳枝小姐的手掌覆上我的手。

"这是最后一场时间旅行了。目的地是十年前，虽然有点儿远，不过请努力回想起来。"

我回想起十年前，那是我的第一次告白。

不——我没办法马上回想起来。十年太久了，回忆里蒙上了岁月的薄膜。

小学一年级的椎太。小学一年级的我。我们不久前还在上幼儿园，还是真正意义上的孩子，别说对异性萌生意识了，就连自我意识都还十分模糊。

我们被放入了一个比幼儿园大得多的名为小学的"箱子"，成为庞大团体中的一员，这足以让人头晕目眩。学校老师、高年级学生、同年级学生，人生中的出场人物猛增，我每天心里都很没底。对于班主任、同班同学之类的身边的人，我只能想起一个模模糊糊的面庞，这恐怕是因为我平时对周围人也总是心不在焉的。

在这个朦胧不清的世界里，只有一张脸清清楚楚地显露出来，绽放出鲜明的光彩。这种状况是从什么时候开始的呢？

第二学期，全班同学调换了座位顺序。我旁边是一个外号"香菇"①的男生，这个外号是其他男生给他起的，他的本名叫作原田椎太。他上课时总是东张西望，课间休息时总是在教室里跑来跑去，身上一年到头都有着擦伤，是个不肯老实待着的孩子。起初，我对他的了解就只有这种程度。

有一次，在一月一次的"便当日"这天，这个男生引发了小小的骚动。

他坐在我旁边，眨眼间就吃光了便当盒里的食物，接着又打开一个小型便当盒，开始发出"咯吱咯吱"的声音。我侧目

---

① 日语中"椎太"与"香菇"发音相似。

瞅了一眼，发现他正在吃柿种。

"咯吱咯吱""咯吱咯吱"，这声音不应该是吃便当会发出的。不止我一个人注视着这声音的源头，在他的周围，掀起了一阵微小而动荡的浪潮。

终于，其中一个同学大喊起来："香菇在吃点心！"

这次，整个教室里的同学都注视着椎太。

椎太却平静地回答道："这不是点心，这一点儿都不甜。"

这句话成为同学们激烈争论的导火索。

"就算不甜也是点心。"

"柿种是大人吃的点心。"

"不可以带点心来学校。"

"我的便当里也放了魔芋果冻呢。"

"魔芋果冻才不是点心，是魔芋。"

"那柿种也不是点心，可能是柿子。"

"你胡说什么呀？"

在班级同学一番激烈的讨论中，只有椎太一个人面不改色地继续"咯吱咯吱"地嚼着柿种。我被他从容不迫的侧脸吸引住了。他不觉得辣吗？他淡定从容地咀嚼着会让舌头发麻的柿种，让我对他萌生出一种奇妙的尊敬感。

"同学们，不要管其他人，专心吃自己的便当吧。椎太同学，老师也觉得柿种不算点心，下次请妈妈用真正的柿子给你做便当吧。"

终于，班主任堀川老师出来收拾局面。此时，椎太便当盒里的柿种还剩一颗。他用手指小心翼翼地捏住这颗柿种，充满惜别之情似的目不转睛地凝视着它。

我情不自禁地开口了。

"不是花生啊。"

椎太将炯炯的目光投向我。

"花生？"

"我爸爸每次吃到的最后一颗都是花生。"

"是嘛。"椎太再次凝神盯着柿种。

随后，他说出了那句话。

"那个，如果把这颗种子种下去，你觉得它会长成大树、结出柿种吗？"

不会，绝对不会结出柿种的，我现在可以对神明发誓。不过，当时的我对自己所掌握的世界运行原理并没什么自信，虽然内心觉得"大概不会结果吧"，但还是模棱两可地摇了摇头，回答说"我不知道"。而且，对于椎太提出的"让我们种下试一试"的建议，不知怎的，我当即同意了。我当时大概是抱着一种"且不管它能不能结果，光是把柿种的种子种下去，这本身就很有意思"的想法吧。

我把特意留到最后吃的厚蛋烧①剩在便当盒里，跟着椎太跑进学校的庭院。椎太选择了不引人注目的花坛作为栽种柿种的地方。

"不要跟任何人说哦，等它长大了，好让大家吓一跳。"

我和椎太共同保有这个秘密。自那以后，我们开始在每天午休前去花坛查看柿种是否发芽。我每次都心想着"应该不会吧"，但身旁的椎太每次都发自真心地抱以期待，又发自真心地感到失望。渐渐地，我开始祈祷柿种能为了椎太而长出芽来。

也是从这个时候起，我开始尝试吃爸爸喜欢的柿种。我憧憬着椎太吃柿种时那副威风凛凛的模样，希望自己能与原本不爱吃的柿种和睦相处。刚开始时只吃一颗，第二天吃两颗，我一点点地增加吃下去的量，让舌头渐渐习惯这股辛辣味道所带来的刺激。于是，我迷上了柿种。如果我们种下的柿种结出果实了，就算不让椎太分一些给我爸爸，我自己也可以吃个够。没过多久，我就生出了这样的野心。

当然，柿种没有结出果实。我们午休时迈向花坛的步伐渐

---

① 一道传统的日式家庭料理。通过一边倒蛋液一边卷的方式，将一张鸡蛋饼卷成厚厚的蛋饼卷。

渐变得沉重。在种下柿种后过了大约十天,椎太终于开口了。

"如果今天也没发芽的话,我们就放弃吧。"

那是一个阴天,午后有些凉飕飕的。我们来到花坛,我以不同于平时的紧张心情仔细地看向花坛的那个角落。

没有发芽。

那一瞬间的失望,比起无法尽情吃到柿种,更多的是由于自己无法再与椎太一起度过午休时间了。

"哼,果然不行啊。"

椎太沮丧的心情显露无遗,他无精打采地坐在花坛外围的砖块上。

"我还以为只要每天使劲儿祈祷,就会出现魔法呢。"

我在椎太旁边坐下,问道:"要不要把种子挖出来看看?"

"不了,给蚂蚁吃吧。"

"蚂蚁会不会因为太辣而吓一跳啊?"

"啊——我好想看一看森林啊。"椎太无视了我说的话。

"森林?"

"我本来想着把柿种长出的树培育长大,长到这——么大,然后把它变成森林。"

椎太竭力说出"这——么大"时,身体后仰,向两侧奋力伸展双手。

"柿种长出的……森林？"

"嗯，森林。长出好多森林，在全世界都长，到处都长，然后'哗啦、哗啦'地结出柿种，大家就能一起吃了。就算一直吃、一直吃，因为是森林，所以也不会变少。这样一来，大家都可以吃得饱饱的，都幸幸福福的。"椎太说着，眼睛发着光。

"可是，"他垂下了头，"没有出现魔法。"

"椎太同学……"

我只考虑了自己的胃，与此相反，椎太却考虑着全人类的幸福，为此等待着种子萌芽。遍布世界各个角落的柿种森林——我被这一壮丽的愿景所折服，由衷感动。我觉得这个男生十分大气，而且有一颗非常温暖的心。

"椎太同学。"我凝视着椎太。

"是这里吧，人生第一次告白的时间点。"

"是的，我就是在这个时候告白的。"

"说的什么？"

"就是直接说的，完全没多想，直接说了'我喜欢你'。"

"椎太同学怎么回答的？"

"他说'我也喜欢你'。"

"这不是两情相悦吗？"

"不过，他之后又说'我也喜欢小碧，喜欢健真，喜欢堀川老师'。"

"你和椎太同学都完全没多想呢。"

"毕竟是刚上学的一年级新生嘛。"

"那就去收回吧。"

"请等一下。"

"怎么了？"

"我一直在想，不管怎么说，我都不想对小学一年级的自己出手太狠，所以我制订了一个作战计划，可以让我潜入比这个时间点稍微前面一点儿的时间点吗？"

"稍微前面一点儿？"

"在两个人去花坛之前。"

"小菜一碟。"

于是，我开始了第三次，也是最后一次时间旅行。

午休时间的小学。夹在教学楼和游泳池栅栏之间的花坛。晚秋凉飕飕的风。

吃完午饭的学生们在操场上玩乐，而掩藏在教学楼背后的花坛周围却杳无人迹。

我迅速地开始实施作战计划。我仔细观察了一下盛开着鲜艳的橙色大波斯菊的花坛，拔掉了一小株杂草，把它移植到我曾和椎太一起种下柿种的花坛角落。

我仅用了一分钟就完成了整个作战行动。时机刚刚好，有两个人影向这里靠近，是小学一年级的椎太和我。

我急忙绕到花坛的另一侧，透过茂盛的大波斯菊的缝隙，观察两人发现冒牌萌芽时的样子。

"喂，快看，发芽了。"

"哇，真的耶，是新芽。"

"长芽了！"

"终于长出来了！"

两个人笑容灿烂，一跳一跳地蹦跶着，我感觉到了地面传来的震动。

"终于出现魔法了。"

"好棒，好厉害。"

时间的流向改变了。这样一来，椎太就不会言辞恳切地讲述柿种森林的设想，而我也不会因此而突然告白。太好了，万事大吉。但是为什么我的内心却一点儿也不激动呢？

我将无从知晓椎太在说出"'哗啦、哗啦'地结出柿种，大家就能一起吃了"时瞳孔绽放出的光芒，我将在这样的情况下生活下去。之后每次吃柿种时，我将不会再在头脑中饱含暖意地描绘出柿种森林的样子，将不会再被椎太的温暖之心所包裹。一想到这里，我总觉得自己失去了无比重要的东西，内心开始变得空空荡荡。

我明明取回了应该取回的东西，可为什么却觉得如此落寞呢？明明顺利完成了任务，可为什么内心却如此痛苦呢？话说回来，为什么我正在哭泣呢？

透过大波斯菊看到的那两人的身影转眼间变得晶莹湿润起来，看不清了。

根本用不着这样自问，我其实是明白答案的。走到这一步，事已至此，我终于意识到了最重要的东西是什么。

虽然十年前的告白遭到了降维打击，但也正因如此，我才获得了能让我感到安心的柿种。

虽然五年前的告白没能如愿，但多亏了与椎太正面交锋，我才遇见了能带给我力量的《航海王》。

虽然三年前的告白凄惨地凋零了，但我却以此为契机开始了社团活动，发自真心地热衷于排球，开始因椎太以外的事或哭或笑。

我以为自己每告白一次，就因受到椎太的拒绝而导致自己的世界变得越来越小。但其实并不是这样，在事实的另一面，我培育了不同的新世界。多亏了椎太，我才发现了许多闪闪发光的宝藏。

椎太是光之种子，我对椎太的"喜欢"一直、一直、一直照耀着我。

等回过神来时，我正放声哭泣，并飞快地朝花坛的那一侧冲了过去。

"呀！"

"谁、谁啊！"

两个人被突然出现的号啕大哭的女高中生吓到发抖。我瞥了他俩一眼，猛然冲到花坛的那个角落，拔起那棵杂草，用力地摔到地上。

"啊！啊！"

然后"咚咚"地跺脚踩它。

"啊！啊！啊！"

我对僵住的两个人不予理会，跑走了。

任务失败。

"你回来了。"

我睁开沉重的眼皮。漆黑的天花板在我眼中变得湿润，真是一种绝望的色彩。

"怎么办？"

我缓缓抬起双手，蒙住满是泪水和鼻涕的脸。

"我干了一件非同小可的事。明明柿种、《航海王》、社团活动都是椎太给予我的东西……"

我为了挽回那些本无法挽回的东西，干了一件无法挽回的事。

"事到如今，你说什么呢？"莳枝小姐严厉地反驳着我这过于愚蠢的悔恨，"这是你所期望的。"

"我知道。可是……"

我害怕得不行。

"我现在会变成什么样？不曾对椎太告白的我是如何生活的？真的还活着吗？"

"你现在不是正活着吗？"

莳枝小姐说着，抓住我的手腕。

"至于剩下的，你去亲眼确认一下吧。"

"啊……"

莳枝小姐像是在给畏缩不前的我强行打气一般，把我带到了隔壁房间。虽然以我的感知而言，似乎已经过去了相当漫长的时间，但透过窗户玻璃看到的天空的色彩并无太大变化。

"你好好看看，和进行时间旅行之前相比，究竟发生了什么变化？"

听到莳枝小姐的话，我倒吸了一口凉气，仿佛是一个等待有罪判决的犯人，心脏剧烈地狂跳。我将目光投向原本就在那里的桌子，刚才放在盘子里的柿种。

"咦？"

还在，柿种还在，还好好地放在盘子里。

这是怎么一回事？

我的大脑一片混乱，跟跟跄跄地走到旅行包前，拉开拉链，本应放在里面的运动服——还在。

"咦？"

接着，我微微颤动着手指拿起手机，待机画面上的路飞的脸——还在。

"咦？"

没有任何变化？为什么？

"就是这么一回事。"

我不明就里地放下心来，背后传来莳枝小姐的声音。

"在突然出现的可怕的姐姐踩坏了柿种的嫩芽后，小学一年级的椎太同学沮丧地瘫坐在花坛边，说着'这下柿种森林就消失了'，接着开始讲述那个设想。"

"啊！"

也就是说，到头来又回到了相同的路径上？

"不、不过，掉进池塘里的小学六年级的我呢？还有在走廊上摔倒的初二的我呢？"

"那些也没必要问了吧。"

我的肩膀颤抖不止，樋口从背后紧紧抱住了我。

"不要小瞧过去的自己。小学六年级的你从池塘里爬出来，向椎太告白了；初二的你像僵尸一样坚强地爬起来，依然拼命地追上了椎太，并向他告白了。你根本没那么容易放弃椎太。"

身体顿时没了力气。我像是去阴曹地府走了一遭一般，时间旅行所带来的疲惫猛烈地向我袭来。

视野转眼间变得昏暗起来，我将难以聚焦的目光投向莳枝小姐。

"过去的我……是真的吗？"

莳枝小姐耸了耸肩，恶作剧般地笑了笑。

"就是这样。稍后我会更新你的记忆，很值得一看呢。"

我记得当时我在身体支撑不住的前一刻，还想着"今天没办法去参加社团活动了"。

在我失去意识的这段时间里，莳枝小姐对我的记忆进行了更新。过去的我的确像僵尸一样，靠着不屈不挠的执念完成了三次告白。就算在我自己看来，那也的确是三出好戏。

我拖着血流不止的膝盖，不顾自身死活地追赶着椎太。椎太回过头，注意到我流血的膝盖时发出了惨叫。

我全身湿透地从池塘爬出来，若无其事地继续刚才的告白。椎太眼睛瞪得浑圆，像看鲤鱼精一样看着我。

我在花坛边上被椎太拒绝后，和他一起去向堀川老师报告说"出现了一个像妖怪一样的大姐姐"。当被问到这个可疑的大姐姐的特征时，椎太并不知道那就是未来的我，画出了我的肖像。

我从实施室的床上醒来，反复回想着这一连串的搞笑场面，一阵阵发笑，又一阵阵落泪。

谢谢，过去的我。

在处于无意识状态期间，更新记忆的同时，我的体力似乎也得到了恢复，醒来后身体轻松了不少。这样看来，我能够去参加接下来的社团活动了，于是我决定尽快告辞离开。

"真是受您照顾了。仅仅一千二百日元就为我做到这种程度，我都不知道该怎么感谢您！"

"哪里的话，我工作得也很开心，感觉自己和你一起进行了一场很棒的旅行。"

面对我的道谢，莳枝小姐爽快地对我也表达了谢意。

"那么，关于第四次告白，你打算怎么办？"

"当然只能坚决执行，要是在这个关头胆怯后退，就没法儿给过去的自己做个好榜样了。"

"祝你好运。"

莳枝小姐微笑着向我伸出一只手，我紧紧地回握住了它。这只手曾带我去到遥远的地方。

看到我和莳枝小姐笑眯眯地久久地握着手，旁边的樋口小声地说道："我以后也别只是当旁观者了吧。"

正如我向莳枝小姐所言，第二天放学后，我把椎太叫到了楼顶。

以楼顶作为告白的舞台——我之所以做出这么老套的选择，不过是因为我的思慕之情早已完全暴露，索性就选择告白标配中的标配来让这段恋情干脆利落地消散。我此刻的心情已如赴死的武士一般。

我仿佛是准备迎击武藏的小次郎[1]，等待了五分钟后，椎太

---

[1] 即宫本武藏与佐佐木小次郎，均为日本战国末期著名的剑客。二人相约在严流岛展开决斗，但宫本武藏却故意姗姗来迟。

终于现身了。

"哟。"

他略微弓着背,有些害羞似的举了下手。椎太的举止跟平时一样,不过他的笑容多少有些僵硬。果然我已经暴露了。

既然如此,那就很好说了。我跳过开场白,直奔主题。

"椎太,那个,我觉得你应该已经知道我要说什么了……"

我一边说着,一边走到他面前。椎太似乎有些慌张不安。

我能看到椎太的身后是初二的他,其身后是小学六年级的他,再身后是小学一年级的他。

这个世界上有椎太在,真是太好了!

思慕满溢,内心悸动,我无法再抑制了。

"我无论如何都还是很喜……"

"等一下!"

这时,椎太突然竖起右手手掌,打断了我。

"那个,等一下。先让我说。"

"先?"

不曾有过的情况。我虽然十分困惑,但依然把话语权交给了他。

"那你说吧。"

"那个,我和坂下你从小学开始就一直都是朋友,也经常被分到同一个班，感觉你对我来说已经像空气一样熟悉了，或者该说是像兄弟姐妹一样，我完全没有把你当作女生看待过……"

啊，果然还是不行啊，不过这倒也是。我突然没了力气，但又不可思议地能理解和接受这个事实。

然而，椎太继续说道："可是，不知道为什么，最近我突然开始在意起你来……那个，是跟一直以来不一样的感觉。"

"咦？！"

"前不久你不是被男子排球部的一个奇怪的家伙给缠上了吗？自那以来，我好像就开始变得相当在意你。老想着'你该不会真的加入沙滩排球部吧''集训什么的只是随便说说而已的吧''那个男的对你讲话的样子可真亲密'之类的……"

眼看着椎太的脸越来越红，他用力地挠着头。该不会——

"然后，那个，我就想到，不，应该说是想起来，从我们还是小孩子的时候开始，那些重要的时刻，你总是陪在我身边，陪我一起做傻事。不知为什么，那些印象深刻的记忆里总会出现你的身影……这样的你如果成了其他人的女朋友，我会是什么心情呢？一这样想，我就难以平静，心脏开始狂跳不止……"

难道，难道——

"所以,虽然目前为止都是你对我说的,但今天就让我来说吧。坂下,我……"

在我没能完成第四次告白的这一天,我第一次被告白了。